金原ひとみ

# パリの砂漠、東京の蜃気楼

集英社

パリ

## 東京

写真＝野村佐紀子 for Pen Magazine
装丁＝川名潤

# パリの砂漠、東京の蜃気楼

# パ　リ

01　ミルフィーユ

今ここで爆発したら、テロとしてインパクトあるだろうな。セーヌにかかるビラケム橋を走る6号線からエッフェル塔を眺めてそう思う。昨日の夜、「またテロあったんだって？」と友達からLINEが入って、ツイッターを開くとAFPがシャンゼリゼで銃撃戦というニュースをツイートしていた。被害者数と、犯人が既に殺されていることにほっとする自分がいて、翌日シャンゼリゼ＝クレマンソーの三駅隣のシャルル・ド・ゴール＝エトワールに訪れる予定を変更しようとも思わなかった。

自分の家からメトロで十分、二十分の所で、今日誰かに殺されるなんて思ってもいない人が誰かの計画によって殺され、殺した人が射殺されることに、私はいつしか慣れたのだ。隣町で銃撃事件が起こっても明日の予定は変わらない。マシンガンを抱えた軍人たちが集団で近所を練り歩く姿も、デパートに入る際の手荷物検査も、子供が学校でテロが起こった時に備えて身を隠す術を教えられることも、いつしか静かに日常の中に組み込まれ、そういうあれこれに少しずつ心が動かなくなっていったのだ。

パリ同時多発テロの時、爆発のあったスタジアムに友人が居合わせ、娘のクラスメイトの親戚が亡くなり、近所のお惣菜屋さんの店員も犠牲になった。ヨーロッパでは、テロはそれぞれの人の遠かれ近かれ無関係とは言えない距離を掠めている。

同じ車両に乗る、大きな荷物を持つ人や寡黙な二人組の男たちに僅かに緊張している自分に苛立ちながら、窓の外をじっと見つめる。晴天にヘリコプターを見つけた瞬間、一昨年のシャルリー・エブド襲撃事件の記憶が蘇った。

外からはパトカーのサイレンが絶えず聞こえ、ヘリコプターの音が飛び交い、犯人は依然逃走中という緊迫したニュースを見ながら、私は東日本大震災の時のことを思い出していた。流れ続ける緊急地震速報、津波の映像、ギシギシと音を立て続けるマンション、原発が爆発した、メルトダウンした、と駆け巡る真偽不明の情報。テロという初めての脅威に直面しながら、私はあの大震災の恐怖の記憶がそれまでとは別のものに変容していくのを感じてある種のカタルシスを得ていた。〝恐ろしいもの〟の対象が塗り替えられていくことに、訳も分からず強烈に心を揺さぶられたのだ。

シャルル・ド・ゴール＝エトワールでメトロを降りると、凱旋門で観光している人たちを横目に日本大使館まで歩き、パスポートの申請を済ませるとまっすぐ帰宅した。無事に帰っても気分は晴れず、大統領選が終わるまで人が集まる場所には行かないようにしようと、私はぼんやりそう思った。

それから二週間ほど過ぎ、当初の市場の予想通り大統領選でマクロンがル・ペンを破ると、何となくそれだけで世界が平穏さを取り戻したような気がした。日常がまた一つ、日常らしさを強め、被膜のように人々を包み込んでいくようだった。


「知ってる？　あんたんちの前の広場で飛び降りがあったんだってよ」アンナからそうSMSが入ったのは、決選投票の翌週のことだった。読んですぐ、数日前に複数のサイレンを聞いたのを思い出した。「それって自殺？」と入れると、私も人から聞いただけだからよく分からないと返信がきた。もやもやしたまま、煮詰まりかけていたパスタソースを慌てて火からおろし最後の味付けをする。

「ねえ、うちの前の広場で飛び降りがあったんだって。事故か自殺かは分からないんだけど」

この話にのってもらいたくない、この話を広げたくないという思いを抱きながら、それでも話さずにいることはできなくて、パスタを食べた後恐る恐る話を振ると、夫はへえと言いかけて、「ああ、それ見たよ」と言った。

「見たって、何を？」

「この間シェズでコーヒー飲んでた時、女の人が水をくれって駆け込んできて、騒がしかったから見に行ったら女の人が二人倒れてて」

「二人？　一緒に落ちたの？」

「いや、一人は下にいてぶつかったんだと思うよ。一人はすぐに搬送されたけど、もう一人はしばらく搬送されなかったんだよ。だから、落ちた方は即死だったんじゃないかなって」

「それっていつのこと？」

「一昨日、かな」

彼は私の質問攻めに少し困ったような表情で答える。そんな場面を目撃しながら、何故今日までその話をしなかったのか。私は本当に聞きたいその質問だけ口にできず飲み込んだ。長いこと連れ添った夫なのに、何故彼がそういう人間であるのか、私は未だによく分からない。倒れている女性たちを見た時、彼がどんな顔をしていたのかも、想像がつかなかった。ここまで十数年の時間をかけて知ってきたのは、私と彼との間にある高く険しい壁の形であって、その壁の向こうにいる彼自身については何も知ることができないまま、互いに何も分からないまま生きている。壁を壊そうと足掻くのをやめた今も、見えないところで少しずつ白蟻が家を食い荒らしていくように、その分からなさは少しずつ確かに私を蝕んでいる。ル・ペンが負けて絶望したのかな、と呟いた彼にそうかもねと最小限の顔の筋肉を使って答え、コーヒーカップをテーブルに置きシャワーを浴びにお風呂場に向かった。

幼い頃から、あらゆるものが怖かった。ニュースで流れる火事の映像、友達らが噂するノストラダムスの大予言、下校途中に声をかけてきた痴漢、それらへの恐怖で死んでしまうのではないかと思うほど怖くても、逃げられない日常がいつも目の前にあって、日常は怖がる私をまた被膜になって覆う。恐怖と日常のミルフィーユは何重にも重なり、生きれば生きるほど、何も見えなくなっていくように感じる。目を閉じてシャワーを頭のてっぺんから浴びていると、ウォータースライダーのようにどこかに滑り降り新しい世界に生まれ落ちるような気がした。目を開けたくなくて、何も見たくなくて、夫からも日常からも世界からも逃避してしまいたくて、それでも私は目を開けて、また一つ曇った世界を、ミルフィーユを軋ませながら生きていくのだろう。

02

# カニキュル

「カニキュル」すれ違う人すれ違う人から、その言葉が聞こえる。猛暑、熱波、という意味だ。六月にして三日連続の猛暑日を迎えたパリでは、人々から気だるさと熱気が滲み出ていた。

昔フランス語の先生が、二〇〇三年の猛暑の際、フランス全土で熱中症により約一万五千人が亡くなり、遺体を安置所に収容しきれず、市場や冷凍トラックを仮の安置所として使っていたと話していた。フランス人は夏の間長期旅行に出かけることが多いため、バカンスに行けない世代の多くの老人たちが孤独死を遂げたのだという。

日陰を探しながら歩き、帰宅前に家の隣のスーパーに入って涼をとる。アイスを買おうと思って冷凍コーナーに向かって愕然とする。冷凍機能喪失のため冷凍品は売れませんと張り紙がされていたのだ。仕方なくビール六缶パックとロゼワインを持ってレジに行くと、アメドというアフリカ系の店員が「C'est la canicule.（カニキュルだね）」と肩をすくめて笑った。暑すぎる、とこぼすと、日本は暑くないの？　と聞かれたので、日本の住宅にはほぼ冷房がついているのだと話すと、彼は驚いていた。フランスのように家が石造りでないから設置が簡単なのだと説明しようか迷って止めた。アメドはおしゃべりで、話し始めると長くなるのだ。猛暑日が年に数日しかないことと、エアコンが馬鹿みたいに高く、工事が大変なこと、それがフランスの住宅にエアコンが普及しない理由だ。

夜もあまり気温が下がらないため常に眠りが浅く、食欲も湧かず、頭が回らず仕事も進まず、体力も意思も欲求も減退する一方で、生きる目的もなく徘徊するゾンビに成り下がったようだ。今日こそは短時間でもいいから仕事をしなければとデスクに向かいMacBookの電源ボタンを押すが、画面が真っ暗なまま反応しない。呆然としたまま何度もボタンを押し、スマホで起動しない際の対処法を検索してかたっぱしから試してみるが、うんともすんともいわない。最後に外付けハードディスクと同期したのはいつだったたか、文書データはクラウド保存していただろうかと乱暴に記憶の引き出しを漁りながらサブパソコンを引っ張り出し、パスワードが分からないだのサインインができないだのという瑣末な問題にぶち当たるたび苛立ちを募らせ、汗だくになりながらバックアップを確認していく。ほとんどのデータが引き継げていることを確認して一息つくと、保冷剤をタオルに包んで首に巻き、ビールを一気飲みしてソファに横になった。天井のファンを見上げていると目が回りそうになって、思わず目を閉じる。連日の寝不足のせいで心身ともに疲れ果てていた。穴という穴からぼろぼろと蛆を垂れ流し、ソファの茶色いシミになっていく自分が頭に浮かぶ。

ワンワン！　ワンワンワン！　何かを警告するような犬の鳴き声に、はっと目を開け辺りを見渡す。首筋や膝の裏が汗で濡れていて、手で拭いながら時計を確認する。二時間も寝ていたのかと思いながら上半身を起こす。犬の声はもうしない。うちのアパートで犬を飼っているのは多分二世帯だけで、どちらも意味なく吠えるような犬ではない。そうかあの時の記憶かと、私はかつてこのアパートにいた小型犬のことを思い出す。


半年前のある深夜、階下の犬がずいぶん長く吠えているのに気付いて私はイヤホンを外した。たまに犬の鳴き声が聞こえることはあったため気にしていなかったのだが、犬は十分以上も吠え続けていた。夫に、犬がずっと吠えてるんだけどと言うと、勉強をしていた彼は耳栓を外して何かあったのかなと訝った。

「一階のおじいさんの犬じゃないかと思うんだけど」

「何か、倒れたりしたとか？」

「分からないけど……見に行った方がいいかな？」

「おじいさんの部屋、どこか分かるの？」

「分からないけど」

「こんな時間に片っ端から訪ねるわけにもいかないし」

そうだよね、そもそもおじいさんの犬じゃないかもしれないし。と独りごちるように言うと、私はまたイヤホンをつけてパソコンに向き合った。なかなか鳴き止まない犬の声をイヤホンの外に聞き取りながら、ふと数週間前のことを思い出した。アメドが前の通りを、リードに繋いだ犬と一緒に歩いていたのだ。あなたの犬？　と驚いて声をかけると、「違うよ、君のアパートのムッシューの犬だよ」と彼は爽やかに笑った。よく見ると、確かにその犬はあのおじいさんの犬だった。アメドは、杖がないと歩けないおじいさんのために定期的に商品を届けに来ていて感心していたのだが、犬の散歩まで引き受けていたとは、と思いながら、やはり話が長くなるのを懸念して親切なのねとだけ言って別れた。やっぱり見に行った方がいいだろうかと思い始めた頃、犬の声はすっと止んだ。

その数週間後、エレベーターと掲示板に張り紙がされていた。一階に住んでいたあのおじいさんが病院で亡くなったこと、家族や身寄りが見つかっていないこと、彼について知っていることがあれば何でも良いので情報をくださいという内容だった。火の灯った蠟燭の写真とともにプリントされたその張り紙を見ながら、あの犬の鳴き声が聞こえた夜のことを思い出していた。

おじいさんは気難しそうな人だった。挨拶をしても挨拶を返さないことが多く、最初は人種差別主義者かと思ったが、アジア系の住人と親しそうに話していたのを見たこともあるし、アメドに犬の散歩を頼んでいたくらいだから、ただ単に耳が遠かったのだろう。杖をつきながら、いつも思うように動けないことに苛立っているようで、ドアを開けたり手助けをするとどこか不本意そうだった。人懐こいアメドは、彼と世間話や家族、趣味の話をしていただろうか。おじいさんの笑顔を見たことがあっただろうか。

シャワーを浴びてデスクに戻り、不意に壊れたMacBookの電源ボタンを押してみると、まるで何事もなかったかのように立ちあがった。唖然としながら、慌ててバックアップを取っていなかったデータを思い出し外付けハードディスクに繋いだ。画像や書類のデータを確認しながら、深夜三時過ぎ、窓から入ってくる空気が冷え始めてきたのに気づいた。朝には最高気温が二十五度まで下がるのだ。この三日間、ゾンビのようにしか感じられなかった自分が少しずつ、いつもの自分に戻っていくのを感じる。

カニキュルで亡くなった老人たちの親族や隣人は、暑さの中、彼らが死ぬことを一ミリも想像しなかっただろうか。もしかしたら、というその思いは、全くなかっただろうか。うだるような暑さの中で、危ないんじゃないか、という思いが時折頭をかすめやしなかっただろうか。あの状況に於いて自分の判断は妥当だった。結果的に、彼らにそれ以外の言葉はないだろう。

それ以上も以下もなく、私たちは常にその時々の最善手を指し続けているのだ。

あれから半年が経ち、春が去り夏が来たのに、後見人はまだ見つからないのかおじいさんの郵便受けには今も「DÉCÈS（死亡）」の文字が貼られたままだ。あの時吠え続けた犬は、今もどこかで、この暑さの中生きているのだろうか。

## 03　スプリッツ

「ローステーキ、付け合わせはフリッツ。ビアンキュイ（ウェルダン）で」

「鴨のロースト季節の野菜添え、焼き方はロゼで」

そう注文してから飲み物のメニューに目を走らせる。暑い時は大抵ロゼか白ワインを頼むが、パリはもう暑くない。鴨を頼んだのだから赤にするのが正解なのだろうが、今日の気分に赤は重すぎる気がした。モヒートにでもしようかなと思ってふと騒がしいテラスの方を見ると、二十代くらいの若者たちが揃ってスプリッツを飲んでいるのが見えて、スプリッツくださいと私はメニューを閉じて言った。私はアリゴテをグラスで、と続けたアンナが珍しいねと顔を上げて言う。

「スプリッツって何だっけ、オレンジのやつ？」

「そうそう。あの子たちが飲んでるやつ。オレンジのリキュールと、白ワインと炭酸水だったかな」

「私緑とかオレンジの飲み物とか好きじゃないの」

分かるよと苦笑して、でもスプリッツは何か憎めないんだよと言う。

スプリッツの存在を知ったのは去年仕事で赴いたヴェネツィアでだった。カフェのテラスに座る客たちが揃いも揃って薄切りのオレンジが載ったカクテルを飲んでいて、何なのだろうと気になっていたのだ。ホテルに戻ってすぐ、同じ仕事で来ていて知り合ったデザイナーの男性に、この辺のカフェで皆飲んでるオレンジの飲み物なんだか知ってます？　と聞くと、ああそれは多分スプリッツだよと教えてくれた。彼は美術、文学、歴史、どんな分野の知識も豊富に持ち合わせていて、ヴェネツィアの歴史やビエンナーレについて全く知識のない私が普通なら呆れられるような質問をしても「それはね」と逐一丁寧に教えてくれていたのだ。

「今日のパーティにも出ると思うよ」

本当に？　と顔をほころばせると彼も嬉しそうに笑った。

実際そのパーティにはスプリッツが用意されていて、私は初めてそこでスプリッツを飲んだのだ。パーティは緩やかで、フランスの企業が主催していたため英語とフランス語がメインだったものの、両方とも堪能とは言えない私は一定のストレスを感じたままお酒の力で押し切るように過ごしていた。パーティが終わった後、彼がちょっと散策しませんかと提案して、コーディネーターの女性と私と三人で夜のヴェネツィアを散歩することになった。

「やっぱりゴンドラに乗りたくない？」

彼の提案に私たちは同意し、すぐ近くにあったゴンドラ乗り場から乗り込んだ。十二時を過ぎていたため辺りには他のゴンドラや船はほとんどおらず、真っ暗なしんとした空気の中で、ちゃぽちゃぽという水の音とオールが立てる鈍い音が響くばかりで、イメージしていた陽気なゴンドラとは全く違う雰囲気だった。どこそこにこんな美術館があって、あの辺りにこんな教会があってねと教えてくれる彼に、どうしてそんなにヴェネツィアに詳しいんですかとコーディネーターの女性が聞くと、実は昔付き合っていた彼と一ヶ月バカンスでヴェネツィアに滞在したことがあるのと彼は告白した。一ヶ月恋人とヴェネツィアで過ごすなんてあまりにも遠い世界の話のような気がして、思わずいいなあと声をあげた。十年前、仕事のついでにヴェネツィアに一泊した時、着いた途端に高熱を出したのを思い出す。記憶に残るのは、ベッドの中で聞いていた、夫が苛立ったまま保険会社に問い合わせをしている声だけだった。

角を曲がって少し明るくなった風景に気づき、ゴンドラの行く先を見上げる。

「あれ、今日って満月？」

「あ、ほんとだ。でもちょっと欠けてるかしら」

「せっかくだから満月ってことにしましょう」

口々に言って、私たちは三人で月を見上げた。

「次は好きな人と来たいな」

思わず漏らした言葉に、そうよねと彼が頷いた。ゴンドラの船首にスマホを向け、建物の隙間から覗く満月にシャッターを切った。自分の撮った画像を誰かに送りたいと思ったのは久しぶりだった。


スプリッツの後に、私はプティ・シャブリを頼んだ。二杯目を頼まず水を頼んだアンナに水でいいの？ と聞くと、「さっきのアリゴテが最後のアルコール」と肩をすくめて言う。

「どういう意味？」

「三人目がお腹にいるの」

嘘でしょ？ と思わず眉間に皺を寄せて言うと、なんで嘘言うのよと彼女は呆れたように笑う。すでに十一歳と八歳の子持ちで、四十近いアンナが三人目を作るなんて、想像もしていなかった。私もアンナももう子供を産むことはないだろうと、私は勝手に思い込んでいたのだ。

「妊娠してなきゃステーキをビアンキュイで頼んだりしない」

「欲しいと思ってたの？ 全然知らなかった」

「彼との子供は初めてよ」

確かに、アンナの今の夫は再婚相手で、二人の子供は前夫との子供だった。知っていたけれど、彼女の報告はあまりに唐突に感じられた。もちろん彼女は以前から望んでいたのかもしれない。でも彼女の口から赤ちゃんや妊娠という言葉を聞くのは初めてで、でもそれは、もはや私がそういう言葉のない世界に生きているから敢えて彼女も口にしなかっただけなのかもしれなかった。

おめでとうと、やって来たプティ・シャブリと水で乾杯すると、どこか冷たい風が私たちの間を通り抜けるような感覚に私は顔を上げた。結婚して私と同じくらいの子供がいるからといって、彼女が私と同じ状況に置かれているわけではないのだ。当然のことだ。でも私は彼女が男の人に熱烈に愛され、男の人に子供を作りたいと望まれていることに驚いていた。照明を反射させロゼに光る鴨肉にたっぷりとバルサミコソースを絡めて頬張りながら、私は彼女が男の人に抱かれているところを想像した。彼女の妊娠は、愛し愛されているという何ものにも代えがたい崇高な証のように感じられた。でも実際、妊娠出産とはどういうものだっただろう。産後の子宮の収縮とそれに伴う視界のブレ以外に、もう生々しく思い出せる感覚はない。妊娠出産から随分遠いところに来てしまった私は、多くの男性と同じようにそこに自分勝手で残酷な幻想を抱いているのかもしれない。

「仕事無理しないようにね」

お店の前で煙草の煙がアンナの方に向かないよう気をつけながらそう言うと、彼女は大丈夫よと笑った。

「あなたは大丈夫?」

「何が?」

「今日は何だか月にいるみたい」

月にいる、というのはぼんやりしている人を表現する言い回しだ。一時帰国から戻ってから調子が悪いのと言葉を濁すように言うと、彼女はふうんと興味があるのかないのかよく分からない表情で頷いた。

「外国の人がバカンスで故郷に戻った後にはよくあることよ」

今の私には、彼女の言葉はひどく無責任で、残酷に感じられた。手を振ってまたねと言ったけれど、もうしばらくアンナには会えないような気がした。妊娠出産は、時に女友達と距離を作る。そんな乾いた感想が頭を過った。

煙草を吸いながら歩いていると、向こうから警察官たちが歩いてくるのが見えた。二人の警察官が男を両脇から抱えて歩き、もう一人の警察官は路肩に停めてあるパトカーのドアを開けた。警察官たちにさほど緊張感は見えないが、両脇を抱えられたままパトカーに乗り込む男は後手に手錠をかけられていた。人が手錠をかけられ連行されるところは初めて生で見た。麻薬の密売、という土地柄でもない。さしずめ窃盗か暴行だろう。

妊娠したり捕まったり、誰もが望むと望まざるとに拘わらずそれぞれ小さな変化大きな変化を誘発し受け入れながら生きている。私はなぜこんなにも、変化を望みながら変化を恐れているのだろう。今のままでいいと言ってくれる人がいて、それを望んでくれる人もいる。でももう限界のような気がした。


日本に帰りたいです。私の言葉に夫は面食らっていた。いつ？　と聞かれ、しばらく黙り込んだ後、分からないけどとにかくもうここにはいられない、と吐き捨てるように言い抑えきれず泣き出した。話し合いにならないと夫は話すのを諦め、私は一人グーグルマップを縮小拡大しながら、日本で住む場所について考え始めた。平気だと思っていた。実際、少し前までは平気だった。でも今はもう溢れ出したのだ。

思えばあのヴェネツィアに行った頃からずっと考えていたことだった。慣れない土地で初めて飲むカクテルを片手に、テラスのあるパーティ会場から黒く光る運河を眺めて、久しぶりに日常を離れた所で、何となくもう終わりなのかなと、雨の降り始めた空を見上げるように、向こうから今やってきたような終焉を見つめていた。点と点が線で繋がった。あのヴェネツィアから繰り返し張られてきた伏線が今ここでアンナの妊娠と見知らぬ男の逮捕劇、そしてヴェネツィアを思い出させたスプリッツという要素が加わったことで、今一つの結論にたどり着かせたのだと思った。

不安でもあり、爽快感もあった。アンナが小さな赤ん坊を抱く頃、私はどこにいるのだろう。いつの間にかあちこちに散り散りになっていた心と体は、その時きちんと重なっているだろうか。

## 04 ミスティフィカシオン

何が良いのかさっぱり分からなくなっていた。ほんの数枚の掌編なのに、一週間以上推敲を続けてもこれという手応えがなく、自分は何のために執筆しているのか、何のために小説を書いているのか、その掌編は自分の根源的な希求を否定しにかかっているようにすら感じられた。マイナーチェンジを繰り返すだけの推敲はその否定に対して煙に巻くような形で逃げ回っているように感じられ、それでも執着を断ち切れず逡巡の中で掌編をこねくり回していた。

Mystification（人を煙に巻くこと、欺瞞）、フランスに住み始めた頃、私の知っていたフランス語はボンジュールとメルシーとこのミスティフィカシオン、の三つだった。知るに至った経緯は忘れたが、この単語の音と意味に何故かフェティシズムをくすぐられ、以前小説にも数回登場させた言葉だった。

「トールカプチーノください」

短い金髪をドレッドにした女性店員に「名前は？」と聞かれヒトミと答え、眉間に皺を寄せた彼女に、アッシュイ、テオ、エムイ、と続けた。彼女はどれだけ私の注文を聞いても名前のスペルを一向に覚えてくれない。店員の多くは既に私に名前を聞かずにカップにHITOMIと書くのに、彼女はいつまで経ってもこの一連のやりとりを欠かさない。もしかしたら彼女は唯名論者なのかもしれない。

近所のスターバックスでトールカプチーノと共にノートパソコンで執筆をする。これはスターバックスが近所にできて以来定期的に続けてきた習慣で、東京にいた頃はシャノアールでモーニングのAセット、ドリンクはアイスコーヒーだった。スターバックスのトールカプチーノとシャノアールのドリンクつきモーニングはほぼ同じ値段だ。あのAセットの珍妙な味のソーセージがなぜか時々恋しくなる。強く印象に残ることと、こうして習慣としていたことはよく覚えているが、それはインパクトと日常の中間にあることをほぼ忘れているということで、長く付き合った彼氏の仔細な情報や、一夜限りの男との情事の詳細は覚えていても、数ヶ月単位で別れた男の名前はぎりぎり思い出せても漢字は思い出せないという現象が起きるのはそれと同じ理由だろう。

三稿を練り続けて一週間が経っていたが、もうこれ以上の推敲はできないというところまで推敲した挙句、初稿を読み返すとやはり初稿の方が良いような気がした。一体自分はこれまで何をしていたのか、もう訳が分からなかった。苛立ちを紛らわせるため意識的にiPhoneのカメラロールを開くと誕生日に知り合いからもらった花が萎れ項垂れている写真が目に留まり、私はその花にシャッターをきった瞬間を思い出しながらしばしキーボード上に指をうろうろさせた後、新しいワードのファイルを開いた。締め切りまであと二時間だった。掌編とはいえさすがにこんなにぎりぎりの時間で一から書き直した経験はない。でも仕方なかった。左隣の席ではラテン系のカップルが前戯のように絡み合い激しくキスをしていて、右隣の席では十代と思しき金髪の女の子二人が怠そうにスマホをいじり続けていた。焦りから時々涙が溢れそうになるのを何とか堪え、画面の右上に出ている時刻に度々目をやりつつキーボードを叩き続けた。緊張か恐怖か、覗き込むように頭を屈めて画面を凝視していると時々視界がぶるぶる震えた。数日前、担当者に締め切りを遅らせられるか聞き、日本時間の二十四時を厳守してくださいそれ以降の修正はゲラでやってくださいと突き放されていた。画面を覗き込んだまま凝り固まった肩甲骨の辺りをぐるぐると肩を回してほぐしていた時、突然店内に大音量でアラーム音が鳴り響いた。車が車上荒らしに遭った時に立てるような警告音だった。その瞬間、右にいた二人の女の子はソファから腰を浮かし、左にいたカップルは抱き合ったまま身を屈めた。ほぼ満席の店内で全ての客が一瞬にして言葉を止め身を隠しかけていた。アラーム音はすぐに止み、カウンターからあの女性店員が「なんでもないわ！　大丈夫よ！」と大声で言った。蒸気の上るコーヒーマシーンを指差して、マシーンのエラーだとアピールしている。少しずつ、高鳴りかけた心臓が弛緩していくのが分かった。皆その瞬間、「テロか」と思ったのだ。銃を持った人々がこの店に押しかけてくることを想像したのだ。自分も含め、アラームを聞いて身の危険を感じた人々、一瞬にして逃走経路を考えた人々、そういう人々が生きるこの場所に私はどこかで絶望し、同時に清々しさを感じた。それは多分、今ここで死んでしまうかもしれない自分を受け入れることでしか享受できない清々しさだった。

原稿はぎりぎりのところで書きあがり、締め切りから十分過ぎに送信した。休む暇もなくパソコンをバッグに突っ込むと、放課後子供達を預かってくれていたユミの家にワインとつまみを手土産に買って向かった。悪いんだけど五時に締め切り明けるからそれまで子供預かってくれない？　と電話をしたのは書き直しを決めた三時だった。あれから二時間ちょっとしか経っていないと思えなかった。あのスタバで、私は丸一日を過ごしたような気持ちでいたのだ。

締め切り明けの私と旦那の不倫疑惑に悩むユミは、糸が切れたようにビールにワインにハイボールにとハイペースで酒が進み、深夜一時過ぎ、雨の降る中アパートの前に出て煙草を吸っている途中で突然ユミが潰れた。地面にへたり込んで吐くユミに私は思考停止し、手も差し伸べないまま六階まで駆け上がり、彼女の旦那さんを呼びに行った。担ごうとする旦那さんにユミは「触らんで！」と声を上げたけれど、抵抗もしようもなく彼女は担がれ階段を上がっていく。

雨も激しく、子供達も寝てしまっていたため、結局私も泊まらせてもらうことになった。泥酔して爆睡するユミの横で掛け布団もなくぼんやりと見なれない天井を見上げながら、どうしようもない無力感に駆られた。それはずっと推敲してきた原稿を捨て二時間で一から書き直し、警告音に一瞬死を思い、ユミに手を差し伸べもせず、雨に降られた私にとって正当な無力感かもしれなかった。シンプルを志して生きてきたつもりだったのに、なぜこんなにもこんがらがってしまったのだろう。目を閉じて浮かぶものと、今目を開けてそこにあるものの差が耐え難い。ここにいたくないのにここにいる。一緒にいたい人と目の前にいる人が違う。望んでいる世界と今いる世界が遠く離れている。ただひたすら全てがばらばらで、散り散りに引き裂かれている気分だった。無力感は湖に垂らした絵の具のようにじわじわと端々から水に溶け次第にどす黒く広がっていく。

少なくとも今日、原稿に関しては煙に巻くことはしなかった。でも私は一体どれだけの感情や他人を欺瞞し煙に巻いているだろう。自分にも他人にもどれだけ不誠実な存在だろう。自分が誠実であったことなど一度もなかったくせに急にその事実が重たく感じられた。人は何かしらの脅威を感じると途端に感傷的で偽善的になる。あの絡み合っていたカップルや憂鬱そうだった二人の女の子たちも、今こんな風に自らの無力感に思いを馳せているのだろうかと考えると少しだけ愉快になったけれど、すぐにまた虚しくなって時計の針の音に耳をすませ天井の梁に走る木目を数え始めた。

## 05 シエル

寝室に差し込む日の光が眩しくて、私はベッドに寝そべりスマホを持ったまま反対の手でボタンを手繰り、窓の外のシャッターを下げた。暗くしないで。隣でごろごろしていた次女がそう言って、私は三分の二程度まで下ろしたところでシャッターを止めた。指を吸う音が聞こえて、眉間に力が入る。

「また指しゃぶってる」

そう言われた次女はどこか心外そうで、いつまで続けるのと皮肉を言う私に「C'est la vie.(これが人生)」と呟いた。思わず吹き出して、vie(人生)って何か知ってるのと聞くと、知ってるよとまた心外そうに言う。十歳の長女は協調性があって分かりやすくアウトゴーイングな性格だが、この間小学生になったばかりの次女はプライドが高く完璧主義で人見知りだ。彼女は屁理屈をこねるのがうまく、語彙が少ないくせに勢いと我の強さで破綻した理論を用いて長女を言い負かす事も少なくない。

「全部ciel（空）がconstruitしてる（作ってる）から、私のせいじゃない」

フランス語と日本語のちゃんぽん具合も酷いが、その内容に思わず呆気にとられ、また指をしゃぶり始めた彼女をまじまじと見つめる。

「指しゃぶりも空のせいなの？」

そう聞くと彼女は指しゃぶりを止めないまま眉毛と肩をくっと上げた。フランスにいる子供たちは普段とても無邪気で子供っぽいくせに、たまにこうして達観したような、厭世的とも言えるような発言や態度をとることがある。長女が友達の家に遊びに行ってしまったせいか、彼女はどこか投げやりな態度で、一人では処し方を知らない休日の午後をやり過ごしているようだった。


歩きながら煙草を吸っていると、一本くれない？　と若い男が声をかけてきた。これが最後の一本、と嘘をつくと、そうかと彼は残念そうに踵を返した。この国では、路上生活者から普通の大学生のような人までフランクに煙草乞いをする。来た当初は図々しいと感じたが、電車内で自分の大変な生い立ちをプレゼンしお金をもらって回る人も少なからずいて、お金を渡す人も少なくないところを見ると、施しの感覚が日本とは全く違うのだろう。

長女の友人のアパートに着くと、私は彼女の父親に電話をかけた。いつも穏やかな口調で話す彼は電話でも囁くような口調で、今まだ外にいて、もう少しで着くから待っていてくれと言った。アパートに背をもたせぼんやりと暗くなり始めた空を見上げていると、スマホが震えたのに気づいてバッグの中に手を伸ばす。「こっちは台風が近づいてるみたいで、ずっと雨だよ」。日本から届いたLINEのメッセージに、私はカメラを起動させ、その場で空の写真を撮って送信した。「こっちは今空がすごいことになってる」。さっき家を出た瞬間、ピンクに染まる夕焼けを見上げてぎょっとしたのだ。最近流行りのブルー系ラメの入ったピンクのグロスを思わせる色だった。ポップにすら感じられる色彩の下では、私たち人間は誰も彼もくすんで見える。

マダム！　と声をかけられ、私は歩いてきた三人に手を振る。前に会ってから半年近く経っていた長女の親友は、随分大きくなったように見えた。彼女は幼稚園の頃からの親友で、一昨年母親とその再婚相手と南仏に引っ越してから頻繁には会えなくなってしまったものの、バカンスで実父の元に泊まりに来る度必ずこうして遊んでいる。

「悪かったね、今日は長く外にいたんだ。今はおもちゃ屋さんに行っててね」

「二人とも満足そう。今回彼女の滞在は長いの？」

「いや、昨日の夜来て、明日の昼には帰っちゃうんだ。こっちでは祖父母にも会いに行かなきゃいけないし、大忙しなんだよ。ところで、クリスマスのバカンスはパリにいる予定？　娘はまたその頃こっちに泊まりに来るから、もしいるなら是非また会わせよう」

独特な優しい喋り方とぼさっとしたくせっ毛とインテリっぽい丸眼鏡、おっとりしたその立ち居振る舞いを見ながら、彼はこの子の母親とどんな理由で離婚したのだろうと考える。

「きっといると思うから、その時はまた連絡して」

「もし良かったら今度はあなたも一緒にうちで食事をするのはどう？」

答える前に、旦那さんも一緒に、と彼は付け加えた。その提案は見る見る間に空が曇っていく瞬間のような心細さを感じさせ、恐らく夫は来ないと伝えるべきだろうかと言葉に迷っていると、娘の友達が小さく不服そうな声を出した。覗き込んだ父親に、食事ならレストランでしたいと彼女は大人びた口調で我が儘を言い、私たちは四人で笑った。名残惜しそうな表情のまま彼女たちは手を振りあい、私は娘と帰り道を歩き始めた。家に帰ったら先生ごっこしようって話してたのに、と残念そうに娘は言い、また少しすると突然顔を輝かせてそうだマクドナルド買っていかない？　と提案した。もう十歳だというのにあの子も長女も、あまりに無邪気で屈託がない。

マクドナルドに寄って帰ると、ＬＩＮＥの通知に気がついた。「同じ空とは思えないな」。という返信と同時に、スナップチャットにも日本の友人から通知が入っていてそのまま開く。「私が性生活を拒んだことが向こうの浮気の言い訳になるなんてありえないよね？　あいつ頭湧いてんのかな？」。あらゆる人間がそれぞれの文脈の中に生きながら、どの生活も同じ空の下で営まれているということが不思議で、時空が歪んだように頭が混乱する。「どのくらいの期間拒んでたのかにもよるんじゃない？」「拒む方と拒まれる方の温度差は大きいと思うよ」言葉に悩みながら打っては消して、何よりも彼女は今激しく傷ついているのだと当たり前のことに思い至って静かに衝撃を受けながら、「セックスレスは通常離婚理由になる」とまで打って、また消した。そんなのありえないよと同調すれば、彼女は一瞬溜飲を下げ、夫への憎悪をより募らせるだろう。でもそうして彼女の怒りに向き合うようなやり取りをする自信がなかった。長考の挙句、「何で拒んでたの？」とだけ入れた。何と答えがきても、きっと私は彼女の答えに「なるほど」とは思わないだろうし、彼女の旦那さんの言い分に対してもきっと納得できないだろう。もっと言えば、彼らが結婚生活をここまで継続してきた理由に関してもそうだろう。臨界点を超えた関係の根拠は、どんなに丁寧に言葉にしても全てこじつけにしか聞こえないのだ。窓の外のすっかり暗くなった空を見上げ、サマータイムの終了が近づいていることを思い出す。

一ミリも食べたくなかったハンバーガーを食べ終えると、またスナップチャットの通知が入った。「多分もう好きじゃないから」。彼女の返信に、思いの外私は納得した。「旦那さんは浮気相手のことが好きなの？」と打って、やっぱり少し悩んでまた消した。「でももう分からない」。オンラインのまま無言でいる私に、彼女はそれだけ入れてオフラインに戻った。全てが自分の言葉、あるいは、自分に向けられた言葉にも聞こえた。「全部空のせい」そう思えたら、ある種の割り切りと、感情や衝動に身を委ねられるようになれたら、この世界はもう少し手で摑みやすい形になってくれるのだろうか。全てとは言わない、ただ一つの悲しみやただ一つの後悔、ただ一つの感情だけでも、空のせいと言えれば私たちはもう少ししなやかにそれらをこの身に内包して生きていくことができるのだろうか。

かつて完成された一つの実として存在していた誰かへの思いは、時間や言葉や熱の蓄積の中で誰にも気づけない、日常に溶け込んだ記憶にも残らない静電気のようなきっかけから僅かずつ形を崩し、蝕まれ、腐っていく。この悲しみは関係の終焉や喪失に対するものではなく、実が熟れ無残に腐る、花が咲いて枯れる、人が生まれて死ぬ、そういう不可逆な変化を伴ってこの現実を生きることへの悲しみなのかもしれない。

さっきまでピンクだった空は何事もなかったかのように真っ暗ないつもの夜の空に様変わりしていて、煙草を吸いに外に出た私はどこか狐につままれたような気分で火をつける。一本くれない？　声をかけてきた若い女の子に、反射的に最後の一本と言いかけて、不意に気が変わり一本差し出した。優しいわね、ありがとう！　と爽やかにウィンクをして背を向けた彼女の後ろ姿を見ながら、私は今日初めて息ができたような気がした。

# 06 エグイユ

手が震えている。ニードルの先がぶれてマーキングした箇所をうまく捉えられない。ニードルを持っている右手を左手で支え、何とかマークした部分に先端を押し当てる。ツッ、という感触と共に注射針のように斜めにカットされた先端が肉に突き刺さった。随分柔らかい。そう思いながら左手で唇を押さえ押し進めていく。途中で、ワセリンを先端に塗るのを忘れたのを思い出す。ずるずると入っていくニードルはぷつりという感触と共に唇の裏側に先端を現した。ニードルが貫通すると、舌や歯茎を傷つけないよう気をつけながらぐっと奥まで差し込んでいく。ニードルのお尻の部分にピアスをあてがいセットしようとすると、僅かに力を入れただけでニードルはつるっと抜けてしまった。そのままピアスを挿入しようとするが、途中までは入るものの最後の口腔内側があと数ミリのところで突き出ない。唇を裏返してみても血が滲んで内側の最終地点が目では確認できない。口腔内から指でグリグリとそのピアスの先端を探り、表裏の両側から力を入れるが最後の最後で貫通しない。埒があかない。私はピアスを抜くともう一度ニードルを手に取り、さっき開けた穴にもう一度挿入し始めた。既に開いている穴の道を進めるが、肉が腫れ始めたため抵抗が強くなかなか入らない。ようやく再び貫通させ、今度は抜けないよう気をつけながらピアスをセットしていく。サーキュラーバーベルはようやく唇にセットされネジ部分にボールを嵌めたものの、唇に対しピアスが若干大きすぎるような気がして、しばらく鏡を見つめた挙句ボールを外す。やっぱりもうワンサイズ小さいキャプティブビーズリングに付け替えようとサーキュラーバーベルを抜いた瞬間、驚くほどの勢いで血が流れ始めた。この小さな、直径一・六ミリの穴からこんなに血が出るのかと慌てているうち、痛みと腫れが増し、ティッシュを手放せず次のピアスをセットすることもできない。「失敗した」そして「もう失敗でいい」。痛みと緊張で火照った顔のままそう思うとただもう、血が止まるのを待つほかなかった。とめどなく血は流れ続け、ティッシュをあてがっているのに、気がつくとテーブルや床にも何箇所か血の滴が落ちていた。血まみれのゴム手袋、ニードル、数個のピアスが無残にキッチンペーパーの上に残された光景に、逆にほっとする。行動したという事実、血を流したという事実に、それなりに満足していた。血でベタベタになった両手と、血の味のする口内に愉快な思いすらした。

　十分ほどして血が止まったあと鏡を見ると、注射痕のような点が見えるだけで、その他はさっきまであんなに血を流していたとは思えないほど何の変化もなかったけれど、唇の裏側の傷跡は口内炎になったようにぷくっと腫れていた。ニードルの尖っていない方に口をつけ息を吹き込むと、先端からぬるっとした肉片が飛び出した。ニードルはフランス語でエグイユという。ニードルを買う際にネットで調べて、何となく針のイメージと合わない言葉だと思ったけれど、肉片が出てくる針としてエグイユという名詞は最適な気がした。肉片と血まみれのティッシュとゴム手袋とエグイユをキッチンペーパーに包むと、体の熱を冷ますように冷たい床に足の裏をできるだけ強く押しつけて歩きゴミ箱に捨てた。

流血から二時間後、「今パナジアでご飯食べ終わったところなんだけどくる？」とユミからメールが入った。パナジアは歩いて五分ほどのところにあるアジア系カフェレストランで、中休みがないためよく日本人の友人とだらだら飲む時に使っている。数分迷った挙句「行く」と返信した。ピアスを入れる緊張と、失敗した疲弊とですでにワインを飲みすぎているせいで、気温三度の寒空の下を足早に歩いていると酔いが回っていくのが分かった。店に入ると顔見知りの中国系の店員が、あそこだよと窓際の席に座るユミを指差した。

「一本頼む？　か、50？」

「50でいいや。私もう結構飲んできたから」

というやりとりの後で50clのロゼのボトルを頼み、「何食べたの？」「フォー」「美味しかった？」「まあまあ。何か春巻きとか入ってる変なフォーやった」「フォーの爽やかさが台無しだな」「何か食べてきたん？」「いや、食べてないけど食欲ない」と話し、一瞬ピアッシングに失敗した話をしようか迷って止める。唇にはすでにほとんど痛みはなく、ただ脈打つ熱だけが残っていた。

グラスにロゼをなみなみと注ぎ、「はい」とダウナーのまま乾杯する。ここのコート・ド・プロヴァンスのロゼ50ｃｌは特に美味しいわけでもなく、グラスでもデキャンタでも少なすぎ、フルボトルでは多すぎるという理由から、「美味しい酒を飲みたい」という欲望よりも「酔いたい」という欲望を叶えるために採択される結論だ。そして大抵の場合、飲み終えた後「フルにすれば良かった」という後悔と共にグラスワインを追加する羽目になる。

「あれ、ピアス」

ユミの言葉に顔を上げ、これがピアスを開けようとした痕だと分かるのかと驚きかけた瞬間、彼女の視線が右耳に注がれていることに気がついた。

「ああ、アウターコンク？」

「外したん？」

「うん。トラブって外しちゃった」

「ふうん。なんかトラブル続きやんな」

そうだった。夏に日本のピアッシングスタジオで開けた縦のインダストリアルにネイブル、フランスに戻ってからセルフでアウターコンク、と今年後半だけで三つも開けてはトラブって外してきたのだ。今日のリップも含めれば四回失敗が続いたと言ってもいいだろう。

「ここまで続くと、もう永遠に新しいピアスは安定させられない気がしてくる」

「思い込まん方がええで」

そう言って笑うそのユミの左耳には、夏前飲んでいた時ノリで私が開けてあげたヘリックスがきちんと安定している。生まれて初めて人にピアスを入れたことさえ、次の日スマホにそのピアスの画像を見つけるまで思い出せないほど酔っていた。

「あのさ」

「うん?」

「私来年の夏本帰国することにしたよ」

「決めたん?」

うんと頷くと、ユミはそっかーまじかー、どんどんいなくなってくなあとため息まじりに言った。このカルティエに住んでいた、在仏年数の長い日本人の友達らが帰っていくのを私たちはこの数年何組も見送ってきたのだ。ユミは在仏十年を超えていて、私より付き合いも広く、愛嬌のある関西人だから特に私の帰国で寂しい思いはしないだろうと思うと同時に、この三年くらい私たちはこの界隈で互いに最も近しい日本人であったとも思う。秋冬はマルシェで買った生牡蠣を食べ漁り、春は近所の公園にワインを持ち込んでピクニックをし、夏はビールとモヒートを飲み漁った。

「まあ、ずっと言ってたもんな」

「別に帰ったら何か解決するってわけじゃないんだけどね」

「大丈夫なん？」

何が？　と笑うと口内炎のように腫れた唇の内側が僅かに痛んだ。途中でうまくいかなくなってしまった絵を無理やり描き直そうとしたり、ひどい癒着を無理やり剝がそうとしたり、こうすることで本当に改善するのだろうかという疑問の中でとにかく足掻かずにはいられないという状況にずっとあった。ただただ捻れを元に戻したい、一ミリでもこれ以上は捻れないように、一ミリでも手探りの中で捻れを戻せるようにと願って帰国を決めた。だからこそ、それで余計に捻れる可能性についても考えないわけでもない。

幼い子には親が服を選ぶ。危なっかしい女の子は彼氏が束縛をする。駐在員には会社が帰国の辞令を出す。幼子でも女の子でも駐在員でもない私は自分で決断するほかなく、更にその決断は論理や経験論から導き出されるものではなく既存の根拠に基づかない個人的な感情と衝動でしかなく、決断するたび自分がどんどん間違った方向に進んでいるような罪悪感と恐怖に血の気が引く。自分は自分の精神に、自分の肉体に対して責任を持っているのだという証明のようにピアスを入れ、入れてはあらゆる部位から排除され続けた私は、無力感に打ちひしがれながらも新たな決断をしなければもう息もできなかった。

「そういやさ、吉岡さんが住んでた高層マンションあるやん？」

「ああ、そこのマンションでしょ？」

「うん。昨日あのマンションから飛び降りがあったみたいで、あのエントランスのところが通行止めになって、シート掛けられてたの見てん。事故か自殺かは分からへんけど」

「また？」

つい三、四ヶ月前、そのマンションから歩いて二分ほどのところでも飛び降りがあったのだ。フランスに来てから、飛び降りの話をよく聞く。よくホームパーティをやる家だったから、吉岡さんの家には頻繁に遊びに行った。何度も訪れたマンション前のエントランスで人が潰れたのだと思うと、自分が巻き込まれたり目撃したりという恐怖よりも、その潰れた人が自分である想像から逃れられなくなっていく。

「なんかさ、そうやって飛び降りの話を頻繁に聞いてると、だんだん自分も飛び降りるような気がしてこない？」

「あかん子やな自分」

あかん子って、と呆れて呟くと、ユミは笑って空になったグラスにロゼを注ぎ足した。そう言えば、ジル・ドゥルーズも投身自殺だったとつい先週ウィキペディアで知った。『ジル・ドゥルーズの「アベセデール」』というDVDを観たばかりだった私は、彼が病気の末投身自殺で人生に幕を閉じたと知った時、彼がそのインタビューで語っていた「哲学者でなかったら私は泣き虫の女でありたかった。泣きわめく女が素晴らしいのは嘆きが芸術だからだ」という言葉を思い出した。穏やかに厳然と語る彼の姿と投身自殺という言葉はうまく結びつかず、ウィキペディアを映す画面の白い光を浴びながら、私は彼が顔を覆って「一体私はなぜ存在するのか」と嘆く姿を想像していた。

帰宅すると、ネットでピアスを検索し、サイズ違いのセグメントリングとサーキュラーバーベルとラブレットを二つずつ買った。とにかく何かをし続けていないと、自分の信じていることをしていないと、窓際への誘惑に負けてしまいそうだった。これまでしてきたすべての決断は、きっと同じ理由からだったのだろう。不登校だったことも、リストカットも、摂食障害も薬の乱用もアルコール依存もピアスも小説も、フランスに来たこともフランスから去ることも、きっと全て窓際から遠ざかるためだったのだ。そうしないと落ちてしまう。潰れてしまう。ぐちゃぐちゃになってしまうからだ。

鏡をじっと見つめ、傷口のかさぶたを爪で剝がした。僅かに血が滲んだだけで滴りはしなかった。三メートルほどの横幅のある、床から天井までの大きな作り付けの棚が鏡越しに目に入った。ここに来た当初空っぽだったその棚には、今は所狭しと本や書類が詰め込まれている。色々捨てなきゃ。そう思った。きっとこの窓際から立ち去れば、そこには生まれて初めて見る窓際のない世界が広がっているに違いない。あるいはそんな世界がもしなかったとしたら、飛び降りる前に刺し殺してくれる窓際の番人と共に生きれば良いのだ。

# 07　メルシー

充電が少なくなり文字入力の反応が間延びし始めたMacBookを前に、何度も後ろを振り返る。図書館は長時間滞在する人が多く、コンセントのある席は二時間経っても全く空きが出ない。いつもだったらコンセントのある席が空いていなかった時点で引き返し、コンセントの充実したスタバに行くところだが、年末に向けて早めに終わらせたい仕事があった。少なくとも二十九日か三十日には終わらせ、大晦日にはどこかに行かずとも大掃除や張り切った料理をしたかったのだ。だからこそ、コーヒーとマフィンの匂いと人々の笑い声、浮ついた空気、そういうものと遮断された所でじっと仕事をしていたかった。買ってから七年近く経つMacBookは二時間のワード使用ですでに98パーセントから50パーセントにまで充電を減らし、打ち込むたび反映に時間がかかり苛立ちは募りきっていた。しかも近くのカウンターで本の貸し出しを担当している男が、人が本を借りるたびに「Bonne étude.（勉強がんばって）」と馬鹿の一つ覚えのように一定のトーンで繰り返すのが癇に障った。

30パーセント前後になると突然電源が落ちてしまうことがあるため、小刻みに上書き保存するのだが、それがただでさえ低迷している集中力を遮っていた。上の階のコンセントが空いていないか見て、空いていなかったらカフェに移動しよう、そう思った瞬間、背後からつんざくような怒声が聞こえて振り返る。

「J'en ai marre !!（もういや!!）」

大声で金切り声を上げるのは司書の中年女性で、「Ça suffit !!（もううんざり!!）」とやはり金切り声で何度も繰り返す。彼女に話しかけていたと思しき男性は怯んだように彼女を見つめている。いや、刃物のような声で静寂を切り裂かれたこのフロアにいるすべての人が彼女をじっと見つめていた。すぐに図書館の責任者のような男性が慌てた様子でやってきて、ヒステリーを起こしたその女性を宥めながら連れて行った。きっと忙しい時に客から何かを頼まれたか文句を言われたかして、キレたのだろう。

仕事中ヒステリックになる人はフランスでは珍しくない。あらゆる店の店員たちは縦横無尽に煙草休憩を取り店の前に溜まっているが、その集いの中から「J'en ai marre.」という嘆きを聞き取ることは少なくないし、郵便局や携帯ショップなどで少し複雑な質問やお願いをすると露骨に眉間に皺を寄せたり舌打ちをされることもあるし、私のフランス語が拙いことに苛立った店員や職員が、ちゃんと話せよと小声で吐き捨てるのを聞いたこともあった。いつも苛立っているのは女性だった。とにかく総じて女性だった。どこかでその苛立ちに共鳴してしまいそうな自分が怖くて、私はそうして苛立つ女性を見ると恐怖を感じるようになった。日本にいる頃は誰も怒っていなかったから、もっと怒りを表現するべきだと敢えて怒っていた。でも街のあちこちで閾値の低い怒りが噴出する現場に出くわすと、そんなのは間違っていると、彼女たちはあまりにも忍耐を知らな過ぎると、敢えて口を噤むようになった。

フランス基準で考えても、あの司書の取り乱し方はどう考えても度を越している。人前であんな風にヒステリーを起こすなんて、子供じゃあるまいしどうかしてるとしか思えない。鬼のように毛羽立った彼女の表情を思い出すと、あの瞬間点けられた火がようやくスープを煮立てたようにふつふつと怒りが湧き始めたのが分かった。行き場のない奇妙な苛立ちとパソコンを抱えて図書館を出ると、入り口の近くにポリスが何人も立ちはだかっているのが見えた。相対するのは路上生活者と思しき男性たちで、雨続きのためか図書館の軒下に溜まっていたところにポリスが退去を迫っているようだった。一触即発の空気を感じ、私はすぐにその場を離れた。

カフェに入ってようやく電源を確保し、MacBookを充電しながらそこにすでに充電の切れていたiPhoneの充電器を差すと、自分自身のエネルギーが充電されていくようにほっとする。iPhoneが立ち上がると、LINEにメッセージが入っていた。忘年会で旦那が連日深夜帰宅をしていると嘆く友達からの愚痴と、年末で目が回るような忙しさだというレストランで働く友達からの嘆きだった。年末だからか。と独りごちる。きっと今は、どうして年末なのにとか今年はこれしかできなかったとか、焦りと苛立ちが凝縮され、理想と現実が一番乖離する時なのだ。年が明けたからといって何かがリセットされるわけではないというのに、人は無意識的に区切りを設けることで何とか自分を保とうとする生き物なのだろう。私だって、大晦日と三が日には仕事をしなくて良いように調整したいと思って図書館を訪れたのだ。

苛立ちを抱える彼らは仕事納めをして三十日か三十一日になると途端に言葉を発さなくなり、年が明ければ牙を抜かれた狼のように、「明けましておめでとう」「Bonne année.」と新年を祝う言葉を口にするのだろう。あの司書の女性だって、大晦日にもなれば家族や友達とカウントダウンパーティでもして過ごすに違いない。

今原稿を書きあげて送ったとしても、皆三が日は出勤しないだろうから三日放置されるだけなのに、今原稿を書く意味があるのだろうか。結局大晦日まで終わらなかった仕事を進めるモチベーションを完全に喪失していた。仕事納めをした、旦那の実家に帰省してる、これからドイツにバカンスに行くの、と報告される友人らの状況を知るにつけ、自分は決してアリとキリギリスのキリギリスではなかったはずなのにと訝る。特別時間がなかったわけではないし、時間がある分はきちんと原稿に向かっていた。それでも原稿は終わらなかったというだけだ。どうせどこかに行く予定もなかった。理想も現実もなく、いつも通り今日も引きこもりがちな一日を粛々と過ごすだけだ。そう思いたいのにどこかで割り切れない思いが募った。

「煙草くれませんか？」

年越しまであと三時間と迫った頃、家の前の路上で煙草を吸っていると、やけに丁寧な口調でフランケンシュタインのように体の大きい男に声を掛けられた。さすがに今日くらいはあげようかとポケットに手を突っ込みながら相手を見上げて、乾燥のためかところどころ赤みのある顔に見覚えがあるのに気づく。図書館で本を貸し出すたびに「Bonne étude.」と繰り返していた男性だった。能面のように表情の変わらない奇妙な男だとは思っていたが、能面のように固まった顔のまま丁寧な口調で煙草をねだるその姿に異様なものを感じた。はい、と煙草を一本取り出して差し出すと、「Bonne étude.」と言われるかと思ったけれど、普通に「Merci.」と彼は呟いて背を向けた。その後ろ姿はどこか挙動不審で、ホラー映画でも見ているような気持ちになる。彼はきっと、カウントダウンもパーティもしないだろう。きっとレンジでチンする冷凍食品でも食べて、いつもと同じように過ごすのだろう。彼は今日が大晦日であることすら知らないかもしれない。そう思ったら何もかもがどうでも良くなって、とにかく年が明けても明けなくても原稿を書こうと、アパートのドアを開けた。

## 08 ジュゾランピック

「どうして、帰国を決めたんですか?」

昨年の夏帰国した時以来、半年ぶりに顔を合わせた編集者はそう聞いた。長女がフランスの小学校を卒業する年であること、そもそも永住する気はなかったことなどをそれらしく語りながら、実際には去年の秋口までフランスで長女の中学受験を想定し既に何校かに願書を送っていたこと、ずっと居続けることはないだろうと思いながらもこのままだらだら、周囲にいる在仏日本人たちのように気づいたら十年、二十年と経っていた、という経緯を辿るのかなとぼんやり思っていた事実が蘇った。

昨年の夏、一時帰国からフランスに戻り、シャルル・ド・ゴール空港から自宅までのタクシーの中から外を眺めた時、それまでその風景を見ると心のどこかでほっとしていたのが、「なぜここにいるのだろう」という思いしか芽生えなかった。家に帰っても、フランスの日常が戻ってきてもその思いが消えないどころか増幅していくのを感じ、完全に何かがかけ違ってしまったことに気がついた。もうここにはいられないという思いと同時に、でも帰れるわけない、という思いもあった。結婚よりも離婚の方が、就職よりも辞職の方が難しいように、海外に出るよりも母国に戻る方が難しく、自分の意思一つで自分や子供たちの人生を左右するということの重さに自分は耐えられないような気がしたのだ。

「もう、ずっとあっちに住むのかもって、思ってました」

「私は、いつまでいるんだろうって、思ってました」

海外在住者は、住み始めてしばらくして異国生活に慣れる人と、どんなに住んでも慣れない人とに分かれる。住み始めて一年経っても慣れない人はその後いくら住んでもその土地に馴染めないまま帰国する傾向がある。以前ワーキングホリデーでパリのパン屋さんで働いていた知り合いは、最後の最後までフランスに馴染めず帰国したが、日本のパン屋さんで働き始めても違和感は消えなかったようで、最終的にハワイのパン屋さんで働き始めた途端水を得た魚のように活き活きとし始め、今も開放的なハワイアンライフをSNSにアップしている。私は一年以上うつ病のような状態でもう無理かと思った矢先に通過儀礼が終了し、フランス生活を楽しめるようになった。友達も増え、バカンスには国内旅行をし、言葉のハンデも軽い開き直りと共に気にならなくなり、仕事のペースも摑めるようになった。でも唐突にまた、「ここじゃない」という思いに支配された。去年、いや、もっと前から少しずつ、スイッチが切り替わらなくなるように、フランスにいる時はフランスのスイッチが入っていたのが、なぜかそっちにつまみが戻らなくなるように、通過儀礼を経て馴染んだはずの体が、またこの地を拒むようになった。そして、いつまでいるんだろうという想像にすら耐えられなくなって、水風船を釣り上げようとした瞬間に手と釣り針をつなぐこよりが水に濡れふつりと切れるように、静かに事切れて帰国を決めたのだ。

「そういや、前東京オリンピックの話したの覚えてます？」

「ああ、去年、いや一昨年でしたっけ」

「一昨年かなあ。フランスから東京オリンピックを傍観出来るのいいなあって、東京で見る東京オリンピックは憂鬱ですよーって、僕が話したんですよ」

「オリンピックなんてどこで見たって憂鬱ですよ。私は見ないんでどこにいても同じです」

「東京いたら見なくてもオリンピック的空気に触れますよ。金原さんがこっちに戻ってくるって、そういう意味で感慨深いです」

そうですか、と軽い疑問系で呟きながら、中学の頃付き合っていた彼氏の友達が話していたことを思い出した。彼は電車の中でよくオナニーをしていた。好みの女の子を見つけた時にするのかと聞くと、そうじゃないと彼は言った。誰も彼もが真面目な顔、憂鬱そうな顔をしている空間で自分がオナニーをしている事実に勃起するのだと彼は話して、私や彼氏、その場にいた他の友達らは笑って「変態」と彼を罵った。その彼氏の友達の話を聞いていたせいか、聞いていなくてもそうだったのかもしれないが、東京で電車に乗っている時私はこの車両で誰か知らない人がオナニーしている可能性をどこかで無意識的に想定している。私は今、パリに暮らしながら、電車に乗ってもこの車両で誰かがオナニーしているかもしれないとは想像しない。そしてしている人を見たら、非常識だと呆れるだろう。でも、東京でオナニーしている人を見ても、この世界で生きるというのはそういうことなのだろうかと、私は見て見ぬ振りをしてその電車を降りた瞬間にはそんな人がいたことを忘れるだろう。帰国するという事実が先走り、帰国の準備を進めつつも具体的な想像ができていなかった私に、編集者の彼は現実の片鱗を見せてくれた気がした。

「本当は何か、別の理由があるんじゃないですか？」

唐突にフェンシングの剣先を喉元につきつけられたような不意打ち感に言葉を失い、薄く開いた唇をどう動かしたら良いのか分からず息を吸い込み、別に何も面白い話なんて出てきませんよ、と言って唇を歪めて笑った。

彼と別れた後、次の打ち合わせまで時間があったため、この辺で何かフランスに持って帰るお土産でも買っていこうかと思ったけれど、何となく気乗りしなかった。日本にフランス的なものを買っていき、フランスに日本的なものを買って帰る、幾度も繰り返してきたことではあるが、蜜を運ぶ蜂のような行為にもう意味を見出せなかった。蜂蜜なんて結局、世界中どこでも買えるのだ。

しばらく歩いて目に付いた地下のビアバルに入り、オリジナルブレンドビールを頼んだ。どうしたらいいのか分からないまま生きてきて、こうして将来を左右する道を決定した後もどうしたらいいのか分からないまま酒を飲む。何もかもが不安だった。もうフランスに戻りたくなかった。このままだらだらビアバルでお酒を飲んでいたらあのフランスのアパートが子供も含めて丸ごとここにワープしてもう何もしないでいいということになればいいのにとくだらないことを考えながら、二杯目に頼んだすだちジントニックの苦さに顔をしかめつつスマホを手に取る。長女からスカイプでメッセージが入っていて、今朝「ピザ食べた」というメッセージに「どんなピザ？」と返信したその続きかと思って開くと「ジャニスのママが入院したんだって」「赤ちゃんにProblèmeがあったみたい」と二通入っていて面喰らう。「アンナが？　ジャニスがそう言ってたの？」と入れるが、向こうのタブレットは一向にオンラインにならない。最後に近所ですれ違った時は元気そうで、今度うちに遊びにきてよと言っていたのに。切迫早産だろうか。確か予定日は四月だったはずだ。国鉄で公務員として働いているから、産休育休制度が整っているフランスでは問題ないはずだが、今の段階で切迫早産だとしたら出産まで職場復帰はできないかもしれない。今自分からメールするべきじゃないだろうと、一瞬アンナに何か一言送ろうかと思った気持ちを押しとどめる。そういえば、アンナにはまだ帰国を決めたことを話していなかった。長女が幼稚園生だった頃親友だったジャニスの母親で、当時母子三人で暮らしフランスで頼る人もいなかった私を気にかけてくれていたアンナとは、彼女の再婚後少しずつ疎遠になり、三人目の妊娠を聞いた時からほとんど連絡を取っていなかった。こうして大切なことを先延ばしにしたまま、現実に追われればたばたと帰国するのだろうか。

次の待ち合わせ場所に向かっていると、マイケル・コースのショーウィンドウが目に入った。東京に住んでいた頃、表参道に来る時はよく立ち寄っていた。どの色にしよっかな、とバッグを持ち鏡の前に立つ自分の姿が蘇った気がした。あの時から、何かが変わっただろうか。世界は、自分は、私と世界の関係は、一ミリでも変わっただろうか。この無力感すら一ミリも、あの時から変わっていない。自分の力では何も変えられないことを、あの時よりも少しだけ強く自覚しただけだ。

二日後には羽田空港からシャルル・ド・ゴール空港に飛び、またタクシーの中であの虚無感に鳥肌を立てるだなんて、信じられなかった。人間はなぜ、そこにいる時永遠にそこにいることを想定してしまうのだろう。この一週間という短い帰国の間、私はフランスに戻ることを一瞬も想像しなかった。だから明後日、どこに行くのかきちんと理解していない。そしてタクシーに乗って初めて自分がどこにいるのかを自覚し、きっとショックを受けるのだ。

マイケル・コースから五分ほど歩いて初めて行くホテルのラウンジで落ち合った編集者は、挨拶と軽い世間話を交わしたあとにまた聞いた。

「どうして帰国されようと思ったんですか？」

僅かに唇の両端をあげると、私はまた適当な理由を、適当な人間らしく、適当に並べ立てた。

「埃があるわね」

三白眼の鋭い目、恐らく天パーの長い金髪、百七十超えの長身、尖ったロングブーツ、悪魔のような女はそう言って両手をぱんぱんと音を立ててはらった。

「メールでも伝えたけど、故障じゃなかった場合出張費をもらうから」

はいはいと頷くと、彼女は満足そうな顔でテレビの受信器をチェックし始めた。テレビが完全に映らなくなって一ヶ月。契約者は大家のため不動産屋に連絡すると、コードは繋がってるの？　Wi-Fiとコネクトしてる？　Wi-Fi再起動試した？　と何故か完全にこちらを機械音痴と見なした態度をとられ、Wi-Fi会社のオペレーターに電話しなさいと電話番号を添付してメールを返してきた。オペレーターに電話して既に何度も繰り返している電源のオンオフやWi-Fiの繋ぎ直し、コードの確認などをしたが当然直らず、再び不動産屋にやはり壊れている旨を伝えると、先ほどの「壊れてなかったら出張費」という条件を出して彼女はようやくうちを訪れたのだ。彼女はクロエ。数年前前任の担当者から引き継いだ、恐らく四十前後の不動産屋だ。何々が壊れた、何々に問題がある、と連絡をすると大抵お門違いなアドバイスをするか高圧的に責任をなすり付けるばかりなので、何とか暮らせる程度の不具合に関しては連絡しなくなっていたが、テレビが映らないのは許容できなかった。

彼女はオペレーターに電話を掛け、ゆうに一時間もああだこうだとやりとりをした挙句、チェックした結果テレビの受信器ではなくWi-Fiのルーターに問題があると断定し、今度新しいルーターを届けに来る、きっと埃のせいよとテレビ周りを忌々しげに睨みつけて帰って行った。後日ルーターを取り替えに来たクロエは、意気揚々とテレビの受信器とWi-Fiを接続するものの、結局テレビは映らなかった。また電話で散々オペレーターと押し問答をした挙句、やっぱりテレビの受信器の方が壊れていたようだから交換するわと言い、まだ埃がある、もっと掃除に力を入れた方がいいわできないなら家事代行を紹介してもいい、ルーターや受信器はとてもフラジールなのよと何年も続けてきた研究の成果を発表するような自信に満ちた態度で身ぶりを交えてしつこく文句を言いながら受信器を段ボールに詰め、長い爪で苦労しながらガムテープを貼った。この程度の埃で壊れる機械なんて一般に販売される代物じゃねえよと思いながらやる気のない態度で「Ah bon.（あ、そう）」を繰り返し受け流す。

積雪のため宅配便の到着が遅れたから私は行けない、という意味不明な理由をつけて「あなたが受信器の宅配便を引き取り所に受け取りに行き接続しなさい」と言われ、私が取りに行き接続した。接続し直しテレビは見れるようになったが、どうもWi-Fiのルーターを交換して以来Wi-Fiが安定しなくなった。テレビを見ていると二分に一度くらいのペースで映像が止まるし、スマホやパソコンも同様にぶちぶち切れる。そもそも壊れていなかったルーターを無駄に交換したせいで、初期不良のルーターに当たってしまったようだった。そもそも大家が格安を謳うWi-Fi会社を利用してるのが問題なのだ。友達の家もやはりここの会社のものを使い始めてからWi-Fiが切れるようになったと愚痴をこぼしていた。でもあのクロエの様子では「あなたの家が埃まみれだからよ！　埃！　埃！」と発狂しそうだ。第一早とちりでせっかちで責任逃れにしか頭を使わないクロエを大人しく座らせ、二分に一度Wi-Fiが切れるという現象を認識させることが可能だろうか。クロエは何故あれほどまでに人の話を聞かず、ようやく聞いたと思ったら話をすり替え、高圧的に人を責めることばかりし、自分は悪くない、金を払え！　埃！　と常に高速のベーゴマのようにいきり立っているのだろう。彼女はフランス人の悪いところをどろどろに煮詰め、ソフトキャラメルほどに固めたような人間だ。

それは私の管轄じゃない。それは私のせいじゃない。というのはフランスの事務手続きを一つする時に五回くらい聞く言葉だ。実際に縦割り社会で、警察署や市役所などの大きな機関では自分のやる仕事以外はなんにも把握していない人がほとんどで、全体を把握している人がどこにもいないのだ。城に測量師として雇われて来たのに延々城に入れないというカフカの「城」が書かれたのも、こうした理不尽な体験が元になっていたに違いない。

一時帰国中に日本で健康保険に加入した時、一時帰国なんですけどと最初の窓口で言うと、まずこの階の何番窓口に呼ばれるのでそこで転入届の手続きをし、その後奥の何番窓口に呼ばれるので保険証と医療証を受け取ってください、その後何階の育児支援課に行って児童手当の手続きをして、その後何階の学務保健課に行って学校に入学しない届け出を済ましてくださいとまで教えられた。そして保険証の窓口の人は、年金に加入しない場合はこの用紙に記入して郵送し、海外に戻られる際には何々と何々を持って転出届を出しに来てください、これは後日代理人に任せることもできます、保険証は出国まで使えますが出国なさった後はご自身で破棄してください、あ、個人情報が記載されているので破棄する際には切り刻むなどしていただくと安心です、とまで付け加えた。これはこれで皆が同じ情報をインプットされたロボットのようで恐ろしくもあるのだが、とにかくフランスとのギャップに眩暈がした。

私がフランスに住み始めた時は、誰も教えてくれなかったから国民健康保険にも二年くらい加入しないまま過ごしていた。そして加入手続きをしてからも半年くらい、書類足りない攻撃に遭って加入できなかった。そもそもその書類を取得するのに必要な書類が手に入らず、その書類を取得するのに必要な書類を手に入れるために法定翻訳の会社に翻訳を頼んで三百ユーロ近く払ったりした挙句ようやく手に入れた書類がこの書類じゃ駄目と理由も明かされずに弾かれたりもした。そんなこんなを経たおかげで、不動産屋に嫌味を言われても責任転嫁に遭っても「アボン」という気の抜けた一言で頭を真っ白にする術が身についたのだ。言っている自分も馬鹿のように見えるし、言われている人も馬鹿のように見える。全ての価値を無効化する魔法の言葉だ。

Wi-Fiがとにかく切れる、もちろん再起動もしたし何度も繋ぎ直した、全く繋がらないわけではないが二分に一度切れる。クロエに再びメールを入れると、「Wi-Fiを再起動する時はきちんとコードを抜いて、三十秒ゆっくりと数えてからコードを入れ直してる?」とやはり人を小馬鹿にしたような返信が来て気が抜ける。

その日の夜、これまで六桁だったiPhoneのパスコードが突然四桁になっているのに気づいた。普段は指紋認証にしているため、いつから四桁に変わっているのかさっぱり分からなかったが、当然六桁入力できないのでロックが解除できない。四桁だった頃のコードなども試してみるが解除できない。Apple製品を無条件に信頼していた私は謎の怪奇現象に慌てふためき、同じような症状の人を検索してみるが、大抵が質問系のサイトで質問し、誰かがパスコードを変えたかあなたが勘違いしてるだけですよと窘められているものばかりだった。私だって六桁のままで解除できなくなったら自分の頭を疑ったかもしれないが、四桁に減っているのだからそれはiPhone側のバグに違いない。今は指紋認証できていても、電源を落とした後は指紋認証では解除できないため、このままでは最悪初期化という道を辿ることになる。仕方なくiTunesからバックアップを取り初期化、復元しようとするが、何故か復元のためのパスワードが弾かれる。わざわざ新しいパスワードに変更して書き留めておいたのに、いくら打ち込んでも弾かれるのだ。自分は何かパスワードを狂わせる磁気のようなものを発しているのだろうかと訝りながら、仕方なく二ヶ月前のバックアップの復元を試してみると、前のパスワードでようやく復元が開始した。画像はクラウド保存しているし、LINEの履歴が二ヶ月分消えるのはまあ仕方ないと割り切ったが、LINEにログインした途端不正アクセスと見なされトーク履歴が全て消えた。

アカウントが無事だったからまだ良かったものの、保存しておきたかった言葉や画像の数々が走馬灯のように頭をよぎった。あんなに大切にしていると思っていたものも、ふと気づくと手から零れ落ちているものなのだ。LINEのトークが空になってしまうと、心まで空っぽになったような気がした。結局自分はその程度の人間だ。ここ最近自分が厭世的になっていくのを止められない。まるでもう長いこと、自分は全くもって生きていないような気がしている。生きているのか死んでいるのかも分からないまま、助けてという言葉の行く宛てもなく苦しいだけの毎日が拷問のように延々繰り返される。これは一体自分のどの罪に対する罰なのだろう。

ここ一ヶ月狂ったように小説を執筆していたが、執筆を休憩する時には必ずポケモンGOをやっていた。小説以外のことを考え始めると心が乱れるため、小説とポケモンGOだけで頭をいっぱいにしていたのだ。頭を真っ白にするためだけにやってきたテトリスのようなものなのだから、別に二ヶ月前に戻ってレベルが低くなろうと私はポケモンGOを続けるだろうと思っていたら、ポケモンGOはついさっきやっていた所まで引き継がれていた。レベル30という文字を見た瞬間、「へえ」と呟き、何事もなかったかのように現れたポッポにモンスターボールを投げつけた。翌日、再起動しても変わりませんでしたとメールを入れてから三日、クロエからのメールはない。アボンという言葉が出なくなる時が、本当の意味で私が限界を迎える時で、その時きっと私の中には僅かな理性すらも残っていないのだろう。そんな時など一生訪れないだろうと思う時と、その時が間近に迫っていると感じる時の感覚が短くなっているという事実が浮きぼりにする臨界点は、悲しくなるほど呆気なく己の希求の所在を白日の下に晒してしまう。

# 10　プリエル

　アルティネの家に遊びに行ってもいい？　日曜日、スカイプでチャットをしていた長女がそう聞いた。ここ最近友達とのスカイプが盛んで、放っておくと無駄チャットや無駄通話を延々続けるのでタブレットにロックをかけ一日の使用時間を制限したところだった。

「アルティネのママもいいって言ってるんだよね？」

「うん。六時に帰る」

　遊び相手を失う次女が不服そうに文句を垂れるのを諫めながら、じゃあ何かおやつ持って行く？　と提案した瞬間、アルティネはムスリムだと思い出して迷いが生じていく。

「いや、やっぱり何がいいのか分からないからやめとこうか」

「ポテトチップなら大丈夫じゃない？」

「ジャガイモは大丈夫でも、添加物とか油とかにもしかしたら何か駄目なものが入ってるかもしれないし」

「この間ポテトチップ食べてたよ」

少し悩んだけれど、やっぱり止めておこうと長女に言った。前にトルコ出身のお母さんとフランス人のお父さんの家庭に長女が頻繁に遊びに行っていた頃、毎回おやつを持たせていたらもう持ってこなくていいと強く言われたことがあった。どこの家庭がどの宗教を信仰しているかは、その家の子供が給食で避けているものなどでしか判断がつかず、給食を食べずに自宅に戻って昼食をとる子も多いパリでは情報がない場合見た目や服装などで判断するしかなく、結局彼らが宗教的なことを気にして言ったのかただの遠慮だったのか最後まで分からなかったが、もしかしたら毎回故意にではないと分かっていても不愉快な思いをさせていたのかもしれないと後悔した。私も日本で原発事故が起こった頃、人から食べ物をもらうのが苦痛だった。そして私はその時初めて、保存料や食品添加物を避ける人、お酒が飲めない人、ベジタリアンやヴィーガンの人などの気持ちを想像することができるようになったのだ。そしてその気持ちを想像できるようになると同時に、その考え方がまた他の人を苦しめ傷つけることをも考えざるを得なくなった。

「リラも一緒?」

「ううん。リラとアルティネは今友達じゃないの」

今友達じゃない、今は友達、というのは、今喧嘩してると、今は喧嘩してない、という意味とほぼ同等に彼女たちの間では使われている。こっちの学校の話を聞く限り大人数による集中型のいじめなどはないようだが、彼女たちは一対一の関係ではしょっちゅう仲違いをしている。それも話を聞くと「背が小さいことをからかわれた」だの「遊ぼうって誘ったのに別の子と遊んだ」だの、素朴な内容ばかりだ。

「珍しいね。喧嘩？」

「二人はMusulman（ムスリム）だからPrière（お祈り）するでしょ？　もう十歳だから二人ともその言葉を覚えなきゃいけないんだけど、アルティネがちゃんと覚えてないのをリラがちょっとse moquer（バカに）したの」

「リラはちゃんと覚えてるの？」

「ううん。リラもまだちゃんと覚えてないんだって」

真面目でお姉さん気質のリラと、お調子者のアルティネが喧嘩をする様子を想像しながら、すぐに仲直りするよと私は笑った。リラはイラン人の両親を持つイギリス生まれのフランス育ちで、アルティネはセネガル人の両親を持つフランス生まれのフランス育ちだ。両親の国籍も、生まれた場所も肌の色も違う女の子たちが、コーランの暗唱でそうして小さな諍いを起こしているのが、宗教に触れずに育った私には可愛らしく感じられた。そうして宗教や国籍、人種が入り混じったクラスの中では、『Dr.スランプ』や『FAIRY TAIL』、『よつばと！』などジャンルもへったくれもなく日本の漫画が流行っていて、テレビで流行っているのはティーンネイジャー向けのコロンビアのテレビドラマで、おもちゃで流行っているのはフランスの小学校最上学年だというのにスライムだ。スカイプのチャットもどんな話してるの？　と隣から覗き込むと「お昼ご飯にスパゲッティボロネーズ食べた」「うそ！　私もー！」などのたわいない話ばかりだ。

そんな彼女たちの日常には自然にレイシズムという言葉が入り込む。「今日はRacismeの授業があった」と長女が言った時、それがレイシズムのことだと発音のせいもあって私はなかなか気づけなかった。クラス内で、レイシズムに直面したことがあるか先生が聞き、何人かの生徒が自分の受けた差別について語り、皆で話し合ったのだという。それはそれなりに有益な体験だっただろうと思うと同時に、長女がショックを受けたりしていないかと不安になったが、彼女は意外なほど自然にその授業を消化したようだった。

少し前、とても仲の良い友達について、長女が「彼女は少しRaciste（人種差別主義者）なところがある」と言ったことがあった。「Raciste？　そんな風には見えないけど」と私が言うと、「あの子はpeau marron（茶色い肌）だから遊ばないでって前に言われたの」と長女は答えた。幼稚園生の頃は恥ずかしがり屋で、いつもピンクパンサーのぬいぐるみを持ってクラスに入っていた子だった。外では口数が少ないけれど、内弁慶でお父さんにはいつもワガママを言っていてその変わりっぷりが可愛かった。

「あなたを独り占めしたかっただけで、あの子はRacisteってわけじゃないと思うよ」

「私もそう思うけど、言われた子はまだ怒ってて、顔も見たくないって言ってる」

当人の前で言っていたのだと知り、私はショックを受けていた。言った子は独占欲に駆られ思わず言ってしまっただけだと思うこと、それでもあなたは常に攻撃される側に立ちなさいということを長女に伝えると、私はそれ以上何も言えなくなり口を噤んだ。移民社会に於ける剝き出しの差別に耐性がないせいで、自分は過剰にナイーブな反応をしているのかもしれないと思った。でもそれ以上も以下もなく、それしか言えなかった。言った子がいずれ自分の言ったことに苦しむ日が来るかもしれないこと、言われた子がその言葉を一生忘れられないかもしれないこと、そういうことを言われる可能性のある世界に生きているということ、あるいは自分が差別だとは気づかずに吐いた言葉で誰かが苦しむかもしれないということ、人の傷つきやすさ、人の傷つけやすさ、全てが恐ろしく感じられた。

きっと私も、無自覚にあらゆる人を傷つけてきた。差別や悪意以前に、存在するだけで、誰かを愛したり、誰かを生理的に嫌悪したり、誰かに対して個人的な感情を抱くだけで、常に何かに傷つき、何かを傷つけて生きている。生きているだけで、何かに何かの感情を持っただけで、何かに傷つき、何かを傷つけてしまうその世界自体が、もはや私には許容し難い。

この砂漠のように灼かれた大地を裸足で飛び跳ねながら生き続けることに、人は何故堪えられるのだろう。爛れた足を癒す誰かの慈悲や愛情でさえもまた、誰かを傷つけるかもしれないというのに。

# 11　ガストロ

胃が出てくるんじゃないかと思うほど便器に向かって何度もえずく。ようやく吐き気が治まりベッドに戻るが、十分もすると耐えきれずまたトイレに向かった。昨日は友人らと夕方から深夜まで飲んでいたが、記憶の喪失もほとんどなく飲み過ぎとは言えない量だった。では何かにあたったのだろうか。でも昨日の夜食べたもので今日の昼過ぎに発症するのはちょっと遅くないだろうか。二時間で十回ほど水を飲んでは吐き飲んでは吐きを繰り返したが治まる気配がなく、もう救急に行くしかないのだろうかと諦めかけた頃、長女が買ってきてくれたコーラを吐く覚悟で一気飲みしたら突然嘔吐が止まった。フランスに来て以来、Gastro（胃腸炎）になった時はコーラを飲めとどの医者も口を揃えるのを当初は訝っていたが、私は六年間本当に何度もコーラに助けられてきた。

ベッドに根を張ったように寝返りも打てずじっと横になっていると、返していないメールや進めなければならない仕事や雑務、色んなあれこれが頭に浮上してきてどんどん絶望的な気分になっていく。その問題から解放されるにはそれらと向き合う他ないと分かっているのに、いつも目を逸らして限界まで向き合うことから逃げてしまう。確定申告なんてその最たるもので、本当にぎりぎり締め切りに間に合う時間まで計算から目を背け続ける。鬱の時は余計にそうだ。一人体育座りをしたまま、四方八方から襲ってくる波にいつ飲まれるかと怯えているような気分だった。横になったまま少し泣いて、この胃腸炎から立ち直ったらまず食べようとヤンニョムチキンのレシピをスマホで検索した。

日中しっかりベッドに根を張り、すっかり回復したと思い込んでその日の深夜激辛ヤンニョムチキンを作ってビールと一緒に貪っていたら、すぐに胃痛に襲われて手を止めた。骨つきも肉をさばく所から始めたというのに、努力に見あった分のヤンニョムチキンを食べられなかった。胃痛に呻きながらソファに横になり、ムカつき始めた胸に鎮まれと祈り上げる。ポコン、ポコン、と立て続けに音が聞こえ、ソファの背もたれの後ろに挟まっていたタブレットを手に取る。長女のタブレットにスカイプの通知が入ったようだった。時計は深夜三時を指している。今は春のバカンス中とはいえ、あまりに夜更かし過ぎだ。呆れているとまたポコンと受信音が鳴った。まだ十歳だというのに、一日に何度も友達に誘われてオンラインゲームやチャットや通話をして、挙句こんな時間にチャットを送ってくる友達がいるなんてと、まだ痛む胃に顔をしかめながらため息をついた。刺すような痛みはなかなか治まらず、薬箱を漁ったが、常備薬の大正漢方胃腸薬がついこの間切れたのを思い出す。昔こっちで処方された胃腸薬を見つけ出すと、用量を確かめて錠剤を飲み込んだ。使用期限は二年前に切れていたが、見なかったことにする。

錠剤が巨大だったため、喉に引っかかったような違和感が残る。そうだった。あの時もこの季節だった。不意に記憶が蘇り、じっと天井を見つめていると、あの時の心細さが襲ってくるようだった。六年前の今の時期、フランスに来て二ヶ月が経った頃、定期的に襲ってくる胃痛に悩まされていたのだ。当時まだろくに喋れないよちよち歩きだった一歳になりたての次女と四歳の長女を連れ、周囲に無謀だと言われながら始めたフランスでの母子生活を、既に後悔し始めていた頃だ。一日に数回、発作的に激しい胃痛が襲ってくるという症状が二週間も続いた頃、これは何か大きな病気ではないかと疑い始めていたが、まだフランス語がほとんど喋れず健康保険にも加入していなかった私にとっては病院を調べたり予約を取ったりすることが億劫すぎて、発作中は病院に行かないとと思うものの、ひとたび痛みが治まってしまうともう起こらないかもしれないと無駄に楽観視して病院について考えるのをやめた。胃痛に襲われると立っていることもできなくなるため、外に出ている時にあの痛みがきたらと考えると、子供の幼稚園の送り迎えさえ恐ろしかった。

ある晩、すっかり熟睡していた私は、また突然の胃痛で文字どおり飛び上がって目を覚ました。それまでとは一線を画す格別の痛みで、もんどりうち脂汗をかきながら、今私がここで死んだら子供二人はここで餓死してしまうかもしれないと恐ろしくなるものの、連絡できる人は誰一人思い浮かばなかった。そもそも救急の番号も分からない。今ここで救急車を呼んだ場合、子供たちは一緒に連れていけるのだろうか。救急隊員だってまさか幼子を放置してはおかないだろうが、私が処置を受けている間あの子たちはどこで誰が見ていてくれるというのだろう。内臓をアイスピックでぐちゃぐちゃに刺されまくっているような痛みに呻きが漏れ、服が汗でじっとりと湿り、心細さと情けなさに涙が出た。三十分ほどで痛みが治まると、へとへとになったまま夫にスカイプで発信し、今後頻繁に連絡をしてくれ、連絡が取れなくなったら私は死んでいる可能性があるから、こっちのポリスに連絡して子供たちを保護するように指示してくれと遺言を伝えたが、とにかくいいから病院に行けと説得されとうとうネットでパリの病院について調べ始めた。

朝一で日本人の内科医がいるという総合病院に電話をして、その日の昼に予約を取った。あんなに後回し後回しにしてあんなに嫌だ嫌だと思っていた。でも行動してしまえば呆気なく、なんであんなに面倒くさがっていたんだろうと不思議になるし、ここまで行動してしまえばあとはもうできることをするだけだと開き直っていることに気がつく。大きな病気ならこっちで幼子二人を抱えながら闘病するわけにはいかない。帰国するしかないのだ。

二回通院して、エコー検査と血液検査をした挙句、「もうパーフェクトで何にも問題ないんですよ」と先生は困ったように言った。嘘だ！　と糾弾したかったけれど、これ以上検査しても何も出てくる可能性はないんですか？　と控えめに聞く。結石はエコーでは見えない場合があるから、念のためにレントゲンを撮ることもできます、あと胃がんを疑われているなら胃カメラという手もありますが、まあ年齢的にまずないと思うんですよね……と乗り気でない先生は、とりあえず胃腸薬と痛み止めを出しておくので二週間ほど様子を見てみませんかとほとんど断定的な口調で言った。結局検査を受けてから少しずつ発作の回数は減り、二週間もする頃には薬もほぼ飲まなくなっていた。

精神的なものと肉体的なものは切り離して考えたい。ストレスはありませんかと医者に聞かれるたび嫌な気分になる。ストレスない奴なんていねえしと心で毒づき、ストレスなんていう誰にも測れない基準を持ち出すのは医者の怠慢だと心で罵った。しかしこの話をした全ての人が、住む場所変わって言葉通じない中一人で子育てしてたらストレスで胃やられるの当たり前だよと同じ言葉を口にした。確かにフランスに来てから一年は物理的にも精神的にも負担が大きかった。それでも私は、ストレスと胃痛を結びつけて考えたくなかった。私の精神は常に揺れ動いている。人によっても気候によっても環境や見聞きしたものによっても、容易に影響を受け揺らぎ乱れめちゃくちゃになる。でも、いやだからこそ、私の身体には確かなものであって欲しい。環境や精神の苦しみに呼応するような存在であって欲しくないのだ。

昨日の嘔吐や目眩はその日食べたツブ貝かユッケ、あるいは帰宅後に飲んだ牛乳のせい、あるいはアルコールの飲み過ぎだ。そして今のこの胃痛は冷蔵庫の霜にくっつけてきんきんに冷やしたビールと激辛ヤンニョムチキンのせいだ。私はやはり今の不調の原因をそうとしか考えられない。どんなにストレスがあろうと、それとこれとを結びつけない。精神のみならず肉体までコントロールできなくなることが怖いのだ。私を私たらしめているのは、もしかしたらこの貧弱な精神ではなく頑強で単純な身体によるところなのかもしれない。でもだとしたら、私はここまでぴったりと寄り添ってきた精神ではなく、頑強だと思い込み蔑ろにしてきた身体に、いつか裏切られる時が来るのかもしれない。

胃痛もすっかり治った翌日、のんびり化粧をしていると、背後で長女がタブレットを手に取ったのに気づいて思い出す。そうだ、と声を上げると彼女は声のトーンから何か責められると分かったようで、何？　と警戒したように振り返る。

「昨日の夜の三時くらいに何度もスカイプのメッセージが入ってたんだけど」

「三時？」

「あんな時間に起きてるなんて信じられない。バカンスにしたって限度がある」

「あ、多分ティムだと思う」

ティム？　私は驚いて声を上げる。ティムは長女のクラスで一番成績が良いという中国系の男の子だ。毎週土曜日には一人で図書館に通って勉強をしている秀才なのに、そんな子が夜中の三時にメッセージを入れるなんて信じられなかった。

「ティムのお母さんすごく厳しそうなのに。そんな時間まで起きてるのお母さんは知ってるのかな」

「あ、違うの」

「本当にティム？　私はあの子がそんな時間まで夜更かしする子だとは思わないけどな」

「ママ聞いて。違うの」

「何が違うの？」

「ティムは今中国にいるんだよ」

……ああ、と呟いて、怒濤の勢いで追及しようとしていた言葉がもごもごと喉の奥に戻っていく。

「そうなんだ、そっか。日本と同じくらいだもんね、時差」

「うん。ティムね、この間から何枚も中国の写真を皆のチャットに送ってくれてるの」

彼女はスカイプのメッセージを開き、写真を見せてくれた。上海の夜景、両親の実家らしき家や、自然豊かな風景、料理まで様々だ。

「この間ティムの従兄弟と話したんだ」

「スカイプで？」

「うん」

「従兄弟は中国に住んでるの？」

「ううん、フランス語喋ってたからフランスだと思う」

ふうんと言いながら、私はタブレットを彼女に返した。深夜のメッセージに勝手に苛ついていたことも、娘の言葉を疑ったことも、何となく子供がタブレットを使うことに嫌悪感を抱いていることも、何だかとても滑稽なことのように思えた。パリから南仏に引っ越してしまった親友や、中学に上がって頻繁に会えなくなった年上の友達ともこのタブレットで連絡を取り、これから本帰国をする彼女と今の友達らを繋ぐのもこのタブレットで、私が仕事で一人帰国していた時も彼女はこのタブレットで私と連絡を取ってきたのだ。頼る人のいない異国の地で強烈な胃痛に七転八倒した後、私が夫にスカイプで遺言を残そうとしたように、彼女もまたあらゆる大切な人とインターネット回線で繋がっているのだ。パリに来たばかりの頃、日本にいる夫や友人とのスカイプが救いになったように、これから日本に帰国する彼女にとって、いつかこっちにいる友人たちとのスカイプが救いになることがあるのかもしれない。

いつものメンバーでスカイプ通話が始まると、女の子たちのけたたましい喋り声が怒濤の勢いで始まった。彼女たちが何を喋っているのか、何となくしか分からない。全くフランス語を知らないまま幼稚園に通い始め、毎朝泣いていた長女は、こうして人間関係を広げいつの間にかフランス語力もコミュニケーション能力も私を追い抜かした。彼女はフランスであらゆるものを身につけた。でも自分がフランスで得たものは、六年間生活したにも拘わらず何だったのか未だによく分からない。フランス語力や美味しいブフ・ブルギニョンの作り方、最小限の動きでワインのコルクを抜く術、海外生活で必要とされる図太さ等は身につけたし、こっちに来て知り合った友人もいる。でもどこかで、一体これは何だったのだろう、という疑問が拭えない。

東南アジア系の作業員たちは、手際よく段ボールや梱包資材を運び込み、気持ちのいい笑顔のまま挨拶をして嵐のように帰って行った。これから怒濤の仕分けが始まる。第一便は船便のため、本帰国より二ヶ月前に発送するのだ。送る物捨てる物残す物を選別し始めると止まらなくなり、ほんの三時間程度で腰痛を発症した。椅子に座りながらフランス語のテキストや参考書をぱらぱらと眺めていると、ノートが何冊か出てきて思わず手を伸ばす。大量のポスト・イットに書き込まれた動詞の活用、ぎっちりと書き込まれた授業の内容、フランス語で書いていた日記、見ている内に苦しくなってきて私はノートをまとめてゴミ袋に放り込んだ。参考書を数冊残して、フランス語関係の本も同じように捨てた。何だか虚しかった。永住するつもりだったわけではない。ずっと、いつかは帰ると思っていた。でも結局私はあんなに時間をかけて勉強したのにフランス語は上達しないままで、日本に戻ったらそのなけなしのフランス語力すらもゆっくりと喪失していくのだろうと思うと虚しかった。ここで生きていくために必死になっていた自分を、ここを出て行く自分が嘲笑しているような気がした。そうじゃない。そういうことじゃない。分かっているのに、私はゴミ袋に放り込んだノートのことがどこか気がかりで、まるでそれは今まさに切り捨てようとしている過去の自分に対する憐憫のようでもあった。

これSouvenir（思い出）だからとっておきたいな。同じように本棚を整理していた長女が、CP（小学校一年生）の時に学校で使っていたフランス語の問題集を持ってきて言った。それを見た次女が、私も！　と全く同じ問題集を引っ張り出して持ってくる。

「これを見比べればどっちの方ができてたか一目で分かるね」

二人の「えー？」という不満の声を聞きながら、私は船便で送る物のコーナーに二人の問題集を置いた。虚しさは途切れず続く。でも日本に帰って荷ほどきをしてこの問題集を見つけた時、きっと二ヶ月前にこんな気持ちになっていたことを、私はもう忘れているに違いない。

## 12 ピュトゥ

理由があろうがなかろうが鬱は鬱で、理由があったところで解決できる問題ならそもそも鬱にはならないため、理由がある鬱もない鬱も特に違いはない。アンナに帰国前に一度ランチに行こうと誘われ、久しぶりだねと心躍らせていた時とは全くテンションが違っていた。評判がいいという新しいレストランで待ち合わせを決めてから一週間、私はすっかり鬱になっていた。家を出ることもメトロに乗ることも笑うことも話すこともメニューを選ぶことも全てが辛かった。本当は布団に潜ったままじっと虚空を見つめていることでしか精神が保てないほどの鬱なのに、力を振り絞ってマレ地区まで足を伸ばし小洒落たレストランに到着した私は、とにかくこの鬱のせいで相手に嫌な思いをさせたりせず、穏便にこの食事を終えたいという一心で無理やり笑顔を作る。

「どう？　bébé（赤ん坊）との生活は？」

「もう随分落ち着いたの。夜も結構まとめて寝てくれるし。もう五キロを超したのよ」

「良かった。アンナも体調は大丈夫？」

「もう元どおり。切迫早産で絶対安静だったから、出産して解放されたって感じ」

「三人目ってどう？」

「上二人がもう大きいから、そんなに大変じゃないの。あなたももう一人産んだらいいのに」

ことも無げに言うアンナに苦笑する。今目の前にある鬱にも対処できないのに、あの柔らかいふわふわの肉体へのフィーディングと下の世話と寝かしつけの無限ループをこなせるとは思えない。何故自分が二度も赤ん坊を育てることができたのか、今となっては全くもって信じられないのだ。あの時の自分には何かが乗り移っていたようにしか思えない。二人目の子が五歳を超えた頃から、赤ん坊や赤ん坊を育てる人たちに壁を感じるようになった。子供を産み激しい育児をしていた頃の私は元来の私ではなく、子供たちの手が離れるにつれ元の自分に戻っていった、という意識が拭えない。結婚したり、子供を産んだりすることは、大人になっていく上で通る道として主にマッチョな人々によって語られることが多いが、そんなのは幻想だとマッチョな奴らへの憎しみの高まりと共に再確認した。その時目の前にある現実に対応しているだけで、それは一時の変容でしかない。赤ん坊や小さな子供が、自分が子供の頃から苦手だった。その苦手意識は自分が出産して子供を育てる間だけ緩和されたが、今の私はやはり赤ん坊や小さな子供が苦手で時には視界に入ることさえ苦痛だ。結局私は出産前と比べて何も成長していないし、むしろ個体としては劣化しているとしか思えない。目の前のアンナが容易に、そして自ら進んで「母」という役割を再享受し、自分のものにしているという事実に、どこか私は怯んでいた。注文した本日のムニュは、前菜はルッコラと鯛の柚子風味のカルパッチョ、メインはRis de veauという仔牛の胸腺とキノコのクリーム煮だった。お店のサイトには両腕いっぱいにタトゥーの入った茶目っ気のあるシェフの紹介文があったが、店内のインテリアにも料理にも意外なほどシックな雰囲気が漂う。

「前にランチした時、悩んでる感じだったから気になってたんだけど、今は落ち着いた？」

前にランチした時というのは、一年くらい前だ。あの時アンナから妊娠を知らされたのは覚えているが、自分が何を話したのかほとんど覚えていない。

「今も落ち着いてない」

本音が漏れたけど、すぐに「今は帰国の準備で忙しいから仕方ないよ」と肩をすくめて付け加えた。取り繕う必要なんてないのに、そうして何でもない風を装う自分がよく分からなかった。でも先の見えない憂鬱と絶望的な本音を今のアンナに吐露するのは、きっと彼女にとっても私にとっても酷なはずだった。

「あなたはいつも本当に言いたいことを言わない」

「私が？　日本人の中では随分開いてる方だし裏表もない方だと思うけど」

何言ってるの？　とアンナは肩をすくめて呆れたような表情を浮かべる。

「誰か本音を話せる人がいるの？」

「大丈夫。私は小説に本音を書いてる」

「ずっとそうやって生きていくの？」

「そうやって死んでいく」

皆私のことを嫌いになる。いつか見捨てられる。この確信がいつから芽生えたのか分からない。この歳まで誰かにいじめられたり手ひどく裏切られたり見捨てられたこともない。それなのにこの確信があるのは、私自身が自分を嫌いで、見捨てたいと願っているからなのだろうか。今周りにいる人々は、常に自分を好きでいてくれる人ばかりだ。それなのに生きていることに激しい罪悪感がある。払拭できない覆せない罪悪感がある。生きているだけで何かの害悪でしかありえないという確信がある。善悪の境目すら把握していないのに、ただ自分が害悪であるという確信だけがある。もっと自分に強固な理性があれば、こんなことにはならなかったのだろうか。「理性的な人間は鬱にならない、鬱は非理性的な人間の病だ」。昔の彼氏に言われた言葉を思い出す。この人は理性を失うほどの世界に遭遇したことのない井の中の蛙なのだとその時は嘲ったが、今は思う。私は何故常に理性を失い続けているのだろう。どうして三十四年間、理性を喪失したまま生きてきたのだろう。私の人生は足を踏み外し続けることで無理やり転がり続けてきたようなものだった。

「日本に帰っても、いつでも連絡してね」

アンナの言葉に頷き、晴れやかな笑顔でありがとうと答える。誰もが開いてくれる。ずっとそうだった。皆が何でも話して開いてと言ってくれる。でもずっとこの画面に向かってしか言葉を吐けない。この世に生きる全ての自分が醜い虚構だ。


アンナは買い物しに寄るところがあるというため、メトロの駅で私たちは別れた。階段を下りながら、スマホを取り出す。入っているメールは日本の不動産屋、仕事関係、迷惑メールだけだった。メトロに揺られている途中、止まった駅のホームで大声で喚きたてる人々の声が聞こえて顔を上げる。SNCF(フランス国鉄)のデモをやっているようで、SNCFのジャケットを着た人々が大声で何かしらのスローガンを繰り返している。何と言っているのか聞き取るよりも先にイヤホンを耳に差した。大音量で音楽を聴いていると、大音量でピロンとLINEの通知音が聞こえた。

「四十過ぎた男友達(既婚)から突然セックスしないかってメールが入ってきてさ。もう十年来の友達で全然そういう人じゃなかったから突然のことに愕然としてる」

思わずくすっと笑いながら「これまで一度も寝たことないの?」と返信すると、すぐに返信が来た。

「ない。どうしたんですか突然、って茶化す感じで返信したら、不倫相手と別れたばっかりなんだって言うの」

四十過ぎの男が不倫相手に捨てられ、手当たり次第知り合いの女に寝たいと連絡しまくっているのだろうかと思うと同情に似た感情が湧き上がる。

「子供もいるのに、不倫相手に捨てられた寂しさを紛らわすために連絡してくるとかまじクズい」

返事を書いている途中に入った二通目に、思わず手を止める。書き途中だったメッセージを消し、「家庭にも社会にも居場所のない人の寂しさはどうしてもそういうところに向かってしまうのかも」とまで打ってやはり消す。「誰かと肉体的な関係を持つことでしか解消されない寂しさもあるのかもしれない」とまで打ってやはり消す。その男の肩を持つつもりなんてないのに、出てくるのはそんな言葉ばかりで、打てば打つほど己の間抜けさを露呈している気分になる。液晶の上で指を右往左往させていると、三通目が入った。

「結構仲よかったし、尊敬してたんだけどな」

彼女は傷ついているのだ。私はここまで自分の打ってきた言葉の浅はかさを思い知る。彼は苦しみのあまり助けを求めただけだったのかもしれない。それでも彼は彼女の気持ち、信頼を裏切ったのだ。寂しさは人を狂わせ、寂しさを盾に、人は人を傷つける。こんなに惨めなことはない。苦痛のない世界を求めているだけなのに、どうして人は傷つき傷つけてしまうのだろう。

「もうブロックしちゃった方がお互いのために良いのかもしれないね」

突き放したような印象を与えたくなくて、シュンとした表情の絵文字を添えて送った。その瞬間家の最寄り駅に到着したことに気づき、慌てて席を立つ。

「いきなりブロックなんてできないよ」

震えたスマホにはそうメッセージが表示されていた。なんだかんだ、結局彼女はその男と寝るのかもしれない。男は寂しさを癒し、彼女は寂しさを植え付けられるだろう。もう何と返したらいいのか分からずスマホをバッグに放り込む。改札を出たところで酒瓶を片手に地べたに座りこんでいるホームレスらしき男性が私を指差し「Ça pute!（娼婦だ!）」とニヤつきながら声を上げた。大音量のイヤホン越しにもはっきりと聞き取れた。目を合わせないまま通り過ぎ顔中の筋肉を殺したまま地上に向かう階段を上っている間中、その男の「Ça pute!」という叫びが背後から聞こえていた。フランスに来た当時はぎょっとしたこういうあれこれに、もう一ミリも心が動かない。彼を睨みつけても、舌打ちをしたり中指を立てたりしても、彼は喜ぶだけなのだ。無心で通り過ぎることだけが、私にできる最も安全で有効な手段だ。そしてそうすると本当に一分後には忘れてしまう。階段を上りきった時、数週間前に見た光景を思い出した。

友達の家に集まって飲んでいた日の深夜、近所に住む友達と二人で帰路を歩んでいる途中、路上で物乞いをしている男性がいた。時間も時間のため、郊外に家があって出勤して物乞いしている系の物乞いではなく、本当のホームレスなのだろうと分かって何となく気にかかったものの別にお金をあげる気もなく通り過ぎようとした時、向こうからやってきたカップルの女性に物乞いの男性が皿のようにした両手を差し出した。その瞬間、思わず声を上げそうになった。女性は自分が吸っていた煙草を彼の手に擦りつけたのだ。男性はすぐに手を引っ込め、女性に罵倒の言葉を叫んだ。若いカップルはすぐさま二人して罵倒の言葉に罵倒で返す。ホームレスの男性は罵倒を止めた後もカップルの後ろ姿をじっと見つめていた。彼の後ろ姿を歩きながら振り返っていると、友達もショックを受けたようであれはあんまりだと声を上げていた。死ぬまで誰も傷つけたくない。誰の心も体も、傷つけたくない。そう思っていた。街に溢れるハラスメントや罵倒、中傷の言葉、ネット上に溢れる罵詈雑言、全てが耐え難い。ナイフが、銃が、酸が、煙草が、言葉が、人の皮膚を心を切り裂く音を聞くだけで狂いそうになる。

傷つけたくないという思いがまた誰かを傷つけ、自分自身も傷つけていく。古傷に生傷が重なり、生きているだけで痛い、辛い、苦しい状態があまりに長いこと続いている。救い、オアシス、疲れたと倒れ込む場所を、いつ喪失してしまったのだろう。

スーツケースを引っ張り出し、ものの十五分で荷造りをすると、私はUberで配車予約を入れた。本帰国前に一時帰国をして、東京で物件探しをするのだ。最後にどこどこに行こうとか、何々を食べに行こうと誘ってくれる友達に出来る限り応えながら、引っ越し時期に重ならないよう早めてもらったゲラをやり、二日ほどロクに寝ていなかった。二つの締め切りを週明けまで延ばしてもらっていて、身も心もはち切れそうなほど焦っていた。何も考える余裕がなかった。倒れ込みたいのに周囲には針が巡らされどこにも倒れられないという剣山地獄に放り込まれたようにまっすぐ立ち目の前のものと向き合う他ない状況のまま、Uberに乗り込みその中でもゲラを見つめる。調べ物をするためスマホで検索している途中、眠気と思考力の低下のためどんどん考えていることが飛躍していく。昨日はこうだと思ったことが、今日はこうだと思えない。昨日は信じられていたものが、今日は信じられない。昨日はこれが世界だと思ったものが、今日はその輪郭にさえ触れることができない。世界は私は人は無常で、昨日は正しいと思ったことが今日は誤りにしか思えず、昨日は善だと思ったことが今日は悪にしか思えない。どんなに力強く立っていると思っても、足元は僅かずつブレていく。そして世界もまた少しずつずれていく。焦点を合わせて正誤を善悪を見極めることなど土台できる気がしない。この世界でこの私で生きていくしかないという事実が涙が出る程恐ろしい。Uber の運転手はひどい渋滞にはまり、ちょっと電話を掛けさせてくれと前置きして、今日行く予定だった病院に電話して予約を変更してくれと交渉し始めた。なかなか日程が合わず、何日は？　じゃあ何日は？としつこく交渉する彼とバックミラー越しに目が合って肩をすくめると、彼も肩をすくめて口をへの字に曲げた。これから日本に住む。でもまだどこに住むか分からない。どんな環境に身を置くのか、どんな隣人がいるか分からない場所へ、あらゆるものを身体からそぎ取るようにしてここから décoller（離陸）する。それは地獄からの脱出で、新たな地獄への旅立ちで、どうしてここまで生き延びられたのか分からないまま、これからもただ力尽きるまで生き続ける他ないのだろう。

東　京

01 カモネギ

何度目かの正直で最後の最後の送別会を友人に開いてもらって二時に帰宅し、荷造り掃除をできるところまでやり一時間仮眠をとって早朝友人宅に子供たちを預け、五つのスーツケースを二往復してホテルに運び込み、二日酔いか胃腸炎かとにかく二度吐き、ぐったりしたまま二時間に及ぶエタドリウ（不動産屋立会いの退去確認）を終え、スーツケースに入りきらなかった二箱分の荷物を郵便局から送付し、友人の家に子供を迎えに行った瞬間なぜか次女の靴が突然完全に壊れ、友人に次女を抱っこしてもらったまま探し回ってようやく見つけた靴屋で我的子供の靴に出していい値段の倍近いバレエシューズを買わされ、ホテルにチェックインしようとすると部屋の準備ができていないからバーで待ってろと言われ一時間半待たされ、人生の中でモストと言い切れる身体的危機を感じていた。二週間まともに寝ていなかった。二週間、寝ても覚めてもやることがあった。トランプで作ったタワーのように、風が吹けばこの身は一瞬で崩壊しそうだった。

十時間寝たい。二週間ずっと思っていた。十時間寝れなくても十時間ベッドにいて眠っていない間は何も考えないでいたかった。この二週間、目を見開いたまま延々巨大台風のなか高速のメリーゴーランドに乗っているような気分だった。ただ無事に飛び立つことだけを考えていた。飛び立ってしまえば、そのあとのことは、そのあとのこと。

フランス生活最後の晩餐は六年間週に一度か二度通い続けた大型スーパーモノプリの惣菜だった。最後だからと気が大きくなって「もうちょっと厚く……いや、もうちょっと厚く」と分厚いフォアグラのテリーヌを切り分けてもらいながら、ここの惣菜屋でフォアグラを買ったのは初めてだと気付いた。フォアグラと適当な惣菜、ジャンクフードとワインを買っただけだったのに、会計は一万を超えていた。ホテルに戻ってすぐフォークがないことに気がつき、コーヒー用のマドラーでフォアグラを切り分けバゲットに載せて頬張り、タパスのような惣菜とポテトチップを手で貪った。W杯準決勝イングランド対クロアチア戦を見た後の記憶は忽然と消え二度と戻ってこなかった。

パスポート、財布、スマホ、パソコン、最低限それだけ無事に持って帰国できればいい。そう思っていた私は、その旅路でKindle Fireを失くした。友達との連絡手段がKindleでのスカイプだった長女は落ち込んだが、帰国早々私のiPhoneを受け継ぐと即座にスカイプとミュージカリーとスナップチャットをインストールして、Kindleのことはすっかり忘れたようだった。航空会社にKindleのことを問い合わせても該当する忘れ物が見当たらないと言われ、Amazon.frのアカウントとKindleの連携を絶った。その一連の手続きは、自分とフランスとを繋ぐ細い糸がまた一本断ち切られたような気にさせた。

帰国から三日後には実家に預けていた家具と段ボール箱七十箱が新居に搬入され、その翌週にはフランスから船便で送った段ボールがやはり七十箱届いた。その暴力的な存在を無心のまま選別し、四十五リットルのゴミ袋三十袋を一気に捨て、段ボール四箱分の本をブックオフに送った。

家電量販店で半ば投げやりに選んだ冷蔵庫がリビングのドアを通らず、猛暑日が続くなか再搬入には一週間を要すると宣告され、やはり投げやりにネット注文したベッドが通らず別のベッドを再検討しなければならなくなった私は完全に思考と感情が停止し、永遠にこの新居に幽閉され片付けをし続けなければならないのではないかという強迫観念に駆られ、先延ばしにしていた役所手続きをしようと家を出た。

一月前一人で一時帰国をした際、自分だけ実家の住所に転入届けをしていたため約一時間かけて地元に赴き、汗だくになりながら市役所の外にある喫煙所で煙草を吸っている途中、フランスの友達からＬＩＮＥが入った。涼しさのおすそ分け。という言葉と共に朝露の載った花の画像が添付されていた。天気アプリの37度という表示をスクショすると彼女に送り返し、市役所に入り手続き書類の記入欄にがりがりとボールペンを走らせる。市役所内の人口密度は異常で不安になるが、どのくらいかかるか聞くと転出でしたらそこまで時間はかからないはずですと受付の女性は機械的に言った。

隣の席に座っている五歳くらいの男の子が大声でぐずり、それを母親が窘めるが、彼女も進捗しない手続きに苛立っていたのか、もういい加減にしなさいと彼を突き放しどこかに行ってしまった。彼はそれでも泣き止まず、今度は祖母と姉らしき女の子に向かって帰りたいもう嫌だと泣き叫ぶ。聡明そうな十歳くらいの姉は読んでいた本に栞を挟み、おいでと彼を抱き上げ膝に座らせようとするが、彼はぐにゃぐにゃと体をくねらせ終いには暴れて姉を何度か蹴りつけた。思わず声を上げそうになったが、姉は慣れた様子で蹴られた跡を手で払っている。祖母はいいわよ放っておきなさいと姉に冷たい声で言った。私は唖然とする。こんなに大声を上げるそれなりに歳のいった子供を母親と祖母が黙らせることもせず何とかしようとする少女に対し放っておけと言うなんて、信じられなかった。

子供が騒ぐのなら注意して黙らせるべきという私の考えは、自分が親の言ったことをある程度守る性質を持ち合わせた子供を持っているから生じているものなのだろうか。彼らからしてみれば、いくら言っても聞かないのだから仕方ないという認識なのだろうか。でも一、二歳の子供ならまだしも、言葉の通じる年齢の子が公共の場で長時間泣き止まない状況はフランスでは見た記憶がなかった。無表情でじっと見つめていた私と目が合った男の子は、姉と祖母の間に座りぐずぐずとごねながらも叫び声をあげることを止めた。

フランスの子供は、退屈に慣れているのかもしれない。親と子は寝室が別だし、ヌーヌー（ベビーシッター）に連れられ公園に行ってもヌーヌーはヌーヌー仲間とくっちゃべっていたりするし、家族で食事に来ても親はすっかり会話に夢中で、ため息でもつきそうな顔で退屈そうにしている子供をレストランではよく見かけた。大人は自分を楽しませる道具ではない。大人の仕事や楽しみを邪魔してはいけない。彼らは子供の頃からそう認識させられているのかもしれない。日本の子供がこういうシチュエーションで「自分が退屈であること」を大問題にするのは、常に大人を自分たちの不快さを取り払うべき存在だと信じているからなのかもしれない。

でもだとしたら、この母親と祖母のほったらかし具合は何なのだろう。私は改めて男の子を見たが、彼は祖母の膝の上でもう泣き止んでいた。もしも我が子があんなぐずり方をしたら、私は呆れ果て悲しみに暮れ、顔も見たくないという嫌悪を隠さず少なくとも数日は口をききたくないと思うだろう。それくらいのぐずり方だったにも拘わらず、もう平然と、祖母も姉も、手続きを終えたらしき母親も彼と普通に接していた。その光景はただひたすら怖かった。私には彼らの関係性が恐ろしかった。

108番の番号札をお持ちの方、アナウンスに顔を上げて書類を受け取ると、再び電車に乗って新居近くの駅に戻った。七割方取れていたマツエクを全オフして付け直し、一ヶ月と十日ほったらかしにしていたネイルを新しくするため訪れた同時施術可能な新居近くの新規の店はそれなりに感じが良かったが、Cカールから J カールに変更したマツエクは物足りなく、ネイルもあまりに分厚すぎる気がした。マツエクもネイルも次からは前の店に戻そうと思いながら店を出て、次は転入届けのため出張所に向かった。

ぎりぎりの時間だったけれど受付さえしてしまえば何とかなるだろうとタカをくっていたが、手渡されたのは所員が苦笑するほど大量の書類だった。信じられない量の書類に、住所電話番号名前生年月日といったほぼ同じ内容を心を無にして延々記入していく。

「すみません、手続き上の問題で、先に日本に転入されていた奥様を世帯主とさせていただいても良いでしょうか？」

途中掛けられた所員の言葉に困惑して、何かそのことでデメリットがあるんですか？　と聞くと、「いえ、特にはございません」と言われ、「なら問題ありませんけど？」と疑問を込めて答えると彼はほっとしたような表情で「ではそのようにお手続きさせていただきます」とにこやかに言った。そもそも世帯主がどちらであるかということが問題になる場面があるのだろうか。気になったけど、何だか相手を嫌な気にさせそうで聞かなかった。手続きの途中で出張所のシャッターは閉まり、辛気臭い出張所内により重苦しい空気が漂う。ようやく転入や年金や健康保険や児童手当や医療証やらカードの発行やら全ての手続きを終えて非常出口から出ると、私は入り口にあった自動交付機で住民票を発行した。このカードを作れば交付機で発行できますし料金がお安くなりますと言われて申し込んだカードだったが、どこで発行できるんですかと聞くと「区役所や出張所です」という渋い答えが、住民票以外に発行できる書類はあるんですかと聞くと「印鑑登録証明書です」というやはり渋い答えが返ってきた。

初めての自動交付機で住民票をプリントすると、私が世帯主になると聞かされていたのに、世帯主のところに夫の名前が記載されていた。彼が何か勘違いしていたのか、私が何か勘違いしていたのか、あるいは実際に一度私が世帯主になったが、その後夫の転入手続きとともに世帯主を入れ替えたのだろうか。確認した方がいいだろうかと振り返ったが、固く閉じたシャッターをこじ開けさせ何故私が世帯主じゃないんだと詰め寄るクレーマーにはなりたくなくて、住民票を乱暴にバッグに押し込むと自動ドアをくぐって出張所を出た。

目的も定めぬままずんずんと歩みを進めている内に、帰国して以来見ていると思いながら意外に見て見ぬ振りをしてきたのであろうあれこれが津波のようになってここまで保ってきたあれこれを飲み込んでいくような気がして、思わず奥歯を嚙み締める。まだまだメリーゴーランドは止まらない。台風のなか高速のメリーゴーランドに乗り続ける日々はいつまで続くのだろう。このまま家に帰りたくなくて、ふと目に付いたワインバーに入ろうとして禁煙だと気づき、一瞬悩んだ挙句また歩き始める。休める店を探しながら、生まれてからこれまでに経てきた引っ越しを数えてみる。思いつく限りで十五回、アメリカとフランスと岡山以外は関東圏が主な引っ越しの数々を思い返し、結局自分がここだと思える場所がどこにもなかったという事実に唐突に心細くなる。皆が「ここだ」と思える場所を持っているのかどうかなんて分からない。それでも十五回経てきた「ここじゃない」は、これからも「ここだ」が見つからない予想に繋がり、別に安住の地など求めていないしという投げやりな態度にしか辿り着かない。

あそこは確か早い時間からやっていたはずと思っていたバーに入ろうとしたら「18h～25h」という看板が目に入り、ドアに伸ばしかけていた手を下ろす。18hまであと二十分あった。家に帰ろうかなと思ったその瞬間、通りの向こう側にノボリを見つけて無意識的に足を踏み出す。カランカランと音をたてて入ったのは、昔所沢に住んでいた頃バイトしていたファミレスの姉妹店だった。ちょっと油っぽいメニューもテーブルに貼り付けられた期間限定メニューも緑色の灰皿も店員のただ伝達にのみ使われる無感情な声も、楽しそうな学生、今にも死にそうなサラリーマン、話が止まらない女性たち、恐らく常連の老人、何だかよく分からないけれどスマホやPCで何か仕事かゲームをしているらしき人たちといった客層も、全てが懐かしくいらっしゃいませと声を上げにこやかにハンディ端末を打っていた高校を中退したばかりの十六歳の日々を思い起こさせる。

「レモンサワーください」

私の言葉に機械的な「かしこまりました」を発した店員を見上げた瞬間、グシャンと鈍い音が蘇り、あのバイトの間自分が続けていた二股生活を思い出した。バイト先の浮気相手とバイト上がりにデートをして、バイト先に停めていた自転車で帰宅する途中、彼氏が帰宅する前に帰らなきゃと焦っていた私は赤に切り替わったばかりの横断歩道に飛び出し軽トラックに撥ねられたのだ。自転車はひしゃげたけれど、私は無事だった。叫び声の一つも、涙の一つも出ず、ただ静かに私は道路に投げ出されたまま、浮気相手の元にも彼氏の元にもどこにも帰りたくないどうして私は死ななかったんだろうと思っていた。それでも結局、帰宅時間が遅れた理由が作れたとどこかでほっとしながら、軽トラの運転手に大丈夫ですと呟くと路肩に自転車を放置し半ば森に近い道を四十分かけて歩いて帰り、事故に遭って帰るのが遅れたと彼に言い訳をした。体に痛みはほとんどなかったけれど、背骨がずれているような違和感があって、車体と接触したハンドルを握っていた右手がずっと痺れていた。

ハンドルを握る手から血が出そうな寒さの中人っ子一人いない外灯もまばらな道で自転車を飛ばし隠蔽工作に勤しんでいたあの頃の自分の果てに今の自分がいるなんて信じられないと思

うと同時にそれ以外にこうなる道筋なんてなかっただろうという気にもなる。ふと横を見ると壁にはめ込まれた鏡に自分の充血した目が映り、目を瞬かせながら立て続けに何度も振動しているスマホを手に取る。スマホに浮き上がったのはユミからのLINEで、ずっと疑っていた旦那の浮気の確たる証拠を摑んだという報告で、その証拠のスクショも送られてきていた。「私が帰国して早々こんな面白い展開になるなんてな」と入れると、「ほんまやで何で帰国したん」と入ってきて、立て続けに「家出るわ」と続いた。今はバカンス中で頼れる友人たちはほとんど旅行に出ているはずだ。「どこ行くの?」そう入れると、「分からん。どこでもいい」と返ってくる。今のパリはホテルもかなり埋まっているのではないだろうか。でも彼女はどこかに行くのだろう。どこかは分からなくてもどこかに行かなければならない時なのだろう。土地からも人からも重力が消え宇宙にたゆたう屑になったような気分、それはでも、ずっと彼女が求めていたものだったのかもしれない。一通りやりとりをした後ユミからLINEで通話が掛かってきてしばらく話を聞いていたが、簡単には終わりそうになく、適当に相槌を打ちながらお会計を済ませ店を出た。暗くなった道をゆっくり歩きながら、彼女の話を聞きながら、メリーゴーランドが少しずつ速度を落としていることに気づく。ここでの生活が回り始めているのだ。そう思ったら少し気が楽になって、うちの隣の隣が今度空くらしいよとユミに伝える。帰国しよっかなーといつもの調子で言うユミが、いつもの調子を装っていることに気づいているけれど、そこに触れたら彼女が崩れそうで触れられなかった。

一時間弱の通話を終えると、私は徘徊を止めポケモンGOをやりながら家に向かう。日本限定ポケモンのカモネギを見つけて一瞬テンションが上がったが、ゲットしてしまえばカモネギはただのポケモンだった。日本に住み始めた。その事実を象徴するカモネギにどこか虚しさを感じながら、私はカモネギをクルクル回して隅々まで観察し、ため息をついてから家のドアを開けた。

02

# おにぎり（鮭）

目覚めた瞬間スマホを確認するようになって、もう何年になるだろう。ＬＩＮＥとスナップチャット、メールを確認すると、ポケモンGOを開いてポケモンを捕まえ、最後にツイッターを開きいくらかスクロールしてから、またゴロゴロする。それが私のほぼ毎日の日課だ。二度寝をしようかどうか迷いながらツイッターをスクロールしている途中、セクハラという文字が目に入り自動的に動画が無音のまま開始する。テレビの情報番組で女性たちが男性芸人から暴力と辱めを受けながら、笑顔を絶やさず対応している動画だった。眠気と怠さと嫌悪で呻き声をあげながら最後まで見て死にたくなってスマホをロックする。ここ数年日本のバラエティ番組やワイドショーを見ると死にたくなる。新居に越して改めて買い直したテレビは、配線が足りなかったのもあって、ＢＳとネットに繫いだだけで地上波は接続していない。地上波を繫ぐケーブルは死への架け橋。

フランスでは、酒瓶を持った男性に娼婦呼ばわりされようが、感じの悪い店員や不動産屋に邪険にされようが、ラリっているのか頭がおかしいのかいわゆるヤバい人にすれ違いざまに怒鳴りつけられようが蠅が飛んでいる程度にしか感じなかったのに、日本に戻って以来外部からの刺激に過敏になっている自分を実感していた。日常が穏やかすぎる故の、刺激への耐性の低下。フランスの男性には感じなかった、日本の男性の高圧的な態度。いや、そんなレベルの話じゃなく、もっと強烈に、生きているだけで四方八方から侵害されているような閉塞感がある。

耐え難い動画を見た時、こんな奴ら死ねばいいではなく、こういう奴らは滅びろではなく、なぜ自分が死にたいと思うのだろう。嫌がらせをされたら相手を殺したいと思う人間になりたい。暴力を受けたら何かしらのやり方で倍返しする人間になりたい。それなのに私は死にたいという言葉で安易に自分の憤りを処す人間で在り続けている。悲惨だな。ぽつんと浮かんだ感想は、日本の現状に対してか自分に対してか、あるいは両方か。

ぐずぐずと嫌な気持ちを引きずり延々荷解きを続け夜を迎えると、晴れない霧を掻き分けるように電車に乗った。フランスで知り合って以来、仲のいい友達と会う約束をしていた。彼女は私より二年ほど早く本帰国していたけれど、一時帰国の度に会っていたから特に久しぶりという感じはしない。それでもこれまでずっと時間を気にしながら一時帰国の忙しい合間に飲んできた彼女とこれからはいつでも会えるのだという、ある種の気楽さが自分の中に生じていることにも気づいていた。

「はいおかえりー」

カナのぬるい歓迎の言葉とともにビールで乾杯して、焼き鳥盛り合わせ、さつま揚げ、レバーの甘露煮、ツブ貝の刺身、と久しぶりの居酒屋メニューを注文する。

「で？　その後どうなってんのユミさんとこ」

数日前LINEで共通の友人であるユミの話をしていたのを思い出して「ああ」と呟く。

「ユミさ、浮気された離婚する！　って親にも向こうの親にも友達にもあちこち言いふらしてたんだけど」

「だけど？」

「何か旦那さんにうやむやにされて、うやむやにされてる内に彼女も戦意喪失しちゃったみたいで、なんかもう熟年離婚すればいいのかもって弱気になってる」

「なにうやむやって。旦那さんシラきってるってこと？」

「うん」

はあ何それ意味わかんない。この期に及んでそんなのアリ？　だって女と一緒に過ごすためのマンション探してたんでしょ？　どこまで面の皮厚いんだっつーの。カナは大きな目を見開きくるくると動かして苛立ちと憤りを表現する。カナは綺麗な顔をしている。疲れのあまりぼんやりしたままカナに見とれる。

「とりあえず、働き口探すって言ってたよ。専業主婦ってやっぱこういう時自由利かないよね」

「そんなんさ！　旦那はやりたい放題で泣き寝入りじゃん」

「シエさんて覚えてる？」

「ああ、えーっと、コーディネーターやってる人だっけ？」

「そうそう。シエさんもユミからわーっと概要聞いてたみたいで、一昨日ＬＩＮＥでその話になった時、ユミが現状維持で熟年離婚とか言ってるんだけど、そんなんでいいのかなってボソッと漏らしたら、恋愛力も経済力もない女性に対して愛のない生活なんて、って説得するのはナンセンスじゃない？　って、シエさんに言われたんだ」

「シエさん柔らかそうな人なのに、重いこと言うな」

「まあでも、カナもそういういつでも羽ばたける自由が欲しくて復職したところもあるでしょ？」

「まあ、離婚したいと仕事しなきゃっていうのはワンセットだよね。子供いると特にさ」

バイトでも何でもいい、大学に通うのでもいいし、ユーチューバーだっていい。とにかくユミが何か自分のしたいことをして、あるいは自分がしたくないこと以外の何かで己の人生を充実させていけば私はホッとするだろうが、そんなの私の自己満足なのかもしれない。夫が外で働き、専業主婦として手厚く子供の面倒を見て毎日美味しいご飯を作る、それが彼女の人生の完成形なのかもしれない。何度不倫されても、怒って喚いても、結局のところ彼女がその家庭内でそれなりに精神を病みながらも生きていけているのは事実なのだ。今時どんな企業に就職したってそれなりに精神を病む人がほとんどなのだから、無職で離婚できない人と生活のために仕事を辞められない人とどっちが自由かなんていう比較には意味がない。

締め切り前の十日間、料理以外の家事を一切しなかった。締め切り前三日は冷凍ピザと冷凍ラザニアと冷凍ポテトでやり過ごした。仕事脳をオフするために締め切り前は寝る前大量に酒を飲む。子供達も締め切り前になると私が苛々するパターンを把握している。自虐的にそういう話をすると、ユミはいつも「ええやんやりたい仕事あるって幸せなことやん」と言い切った。それはそうだ。幸せなことだ。でも常に小説のことを考えどこか地に足のついていない母の下で育つ子供たちにとって、それは幸せなことなのだろうか。そんな、夫がどんなに仕事に夢中になったとしても一生の内一度も考えないであろうことを考えていることに気づいては、私は自分を鼓舞してきた。何かやりたいことはないの？　大学に通うとか、フランス語をもっと勉強するとか、ちょっとしたバイトとか、日本相手にバイヤー的なことやるのはどう？　ユミが現状について愚痴を漏らすたび私の口から出た提案は、彼女にとって憂鬱なものであったに違いない。

「ねえお姉ちゃん、それ痛くないのー？」

カナと二軒目を探して徘徊している途中、サラリーマン集団の一人が自分の口を指差して聞いた。口ピを開けてからそれはもう頻繁にこういう手合いに遭ってきた。でも、フランスでは高校生くらいの女の子が「どこで開けたの？」と自分もやろうか迷っているのか真剣に聞いてきたり、実は僕も舌に開けてるんだ、とスーパーの店員の男の子が舌ピを見せてくることはあったけれど、こうしてキャットコールのような形でピアスを揶揄するのは日本人の中年男性ばかりだ。一・六ミリのニードルぶっ刺して痛くないわけねえだろ腐れオヤジ。

「おじさんもやれば？」

笑いながら言うと、いやおじさんは無理だよーとサラリーマンはまだ絡みそうな雰囲気だったけれど、同僚らしき人に引っ張られてどこかに消えた。何で私は苛立ったのに笑って答えたのだろう。フランスだったら、私は気分を害したことを隠さず、相手を睨んだ後無視して通り過ぎただろう。なぜそうしなかったのかと言えば、日本でそんな態度をとったらまるで子供っぽいと思われ一層軽んじられるからだ。

結局私も、テレビ番組でパワハラセクハラをされても笑ってやり過ごした女性たちと同じで、彼らの土俵に「立ってやるか」と笑ってやり過ごす女なのだ。そうだだから、私は彼女たちを見て死にたくなるのだ。

ワインバーでたらふくワインを飲むと、私たちは駅の近くでいつものように慌ただしくじゃあねと手を振った。終電の一本前に間に合うように店を出たけれど、気が急いていた。

「ねえ、帰るの？」

早足の私の隣をマークして、外国人の男性が日本語で聞いた。東南アジア系だろうか。帰る、と一言呟いて歩き続けるけれど、彼は早足のままついてくる。僕と飲みに行かない？　ちょっと悲しい顔してるね、僕が君を楽しくさせるよ、完全に無視されたまま片言の日本語で話しかけ続ける彼に、不気味なものを感じる。

「帰るの？」

帰る、また呟いて足の速度を速めると、笑ってる方が可愛いよと言われて思わず苦笑がこぼれる。その瞬間、「笑ってる方がいいね、キスもした方がいい」と彼は突然私の肩を抱き耳元に唇を寄せた。緩みかけていた表情が強張り、「Arrête!（止めて！）Dégueulasse!（気持ち悪い！）」と叫んで彼を突き飛ばした。反射的に出たフランス語に驚いていた。日本に帰国して以来初めてフランス語を口にした瞬間だった。突き飛ばされても尚ヘラヘラしている男に舌打ちをして背を向け、さっきよりも早足で駅に向かった。こんな怒りを感じるのは久しぶりだった。信じられないほどの怒りなのに、泣きそうだった。

好きな男に泣きついて慰められたい、フランス語が出たのと同じくらい自然にそう思っている自分に気づいて情けなくなる。ずっとそうだった。良くも悪くも私の感情を振れさせるのは男でしかない。男に傷つけられて男に助けを求めてばかりいる自分は、小説を書いても子供を産んでもフランス語を勉強してもいくら新居や生活を整えても空っぽだ。どんなに丁寧に積み重ねても、テトリス棒で四段ずつ消されていく。積み重ねたものは必ずリセットされ、この身には何も残らない。

駅から家までの道のりの途中、ひどく酔っぱらっているのになぜかコンビニでガス料金を支払い、そんなにお腹も空いていないのになぜか鮭のおにぎりとカップラーメンとアメリカンドッグを買った。ベロベロに酔っぱらっている時ほど珍妙なものを買う。玄関にどっさりと積まれた潰した段ボールの山を見ないように通り過ぎると、ソファに横になる。横になったまま手を伸ばして鮭のおにぎりを剝き二口貪り鮭に到達すると、もう飽きてソファのアームにほったらかす。呻きながら起き上がってヘパリーゼを二錠呑みこみ、メイクを落とした。酔っぱらっている時ほど、きちんとメイクを落としコンタクトを外し歯磨きをする。疲れている時ほど眠れないように。喪失感に苛まれている時ほど空騒ぎするように。悲しい時ほど泣けないように。ずっと全てが裏腹だ。

最後に一杯となみなみ注いだワインを持って再びソファに横になる。きっと明け方目を覚まし、もう飲む気になれないなみなみ残ったワインを見つけて、結局この最後の一杯は飲まないのにいつまでもこの最後の無駄な一杯を注いでしまう己の不条理さに辟易するのだ。最後に一杯と注いでは明け方シンクに流してきたワインは、もう何本分になっただろう。

## 03　玉ねぎ

帰国して良かったと思うことは、夜遅くまで一人で飲めること、二十四時間営業のファミレスで深夜に仕事ができること、映画を観に行った後フランス語力の低さのせいで大切なポイントを理解できずもやもやしたままネットでネタバレを探す必要がないこと、玉ねぎが腐っていないこと。

「日本に帰国して地味に嬉しいこと」「帰国して以来腐った玉ねぎに当たった確率0％」

ふと思いついてユミにスナチャを入れると、「まじ？　日本すごい」と即座に返信がきた。フランスではスーパーで四個か五個入りのものを一袋買うと大抵一つは腐ったものが入っていたのだ。ユミとのチャットはフランスに比べて日本は農薬の規制が緩いという話となり、綺麗でなかなか萎れない野菜と、すぐにへたりたまに腐っているフランスの野菜のどちらが良いのか結論は出ないままやりとりは有耶無耶に終わった。

帰国以来、買ってから四日経ってもしゃきっとした水菜ともやし、買ってから一週間経っても硬いままの人参、一ヶ月くらい置いておいても平気そうなジャガイモといった野菜に、そこはかとない不気味さを感じていたのも事実だ。それでも剝いて綺麗な野菜を見れば嬉しいし、野菜を無駄にせずに済んだことにささやかな喜びを感じていたのも事実だ。オーガニックのものは日本では数が少ないし高いのも事実で、事実の積み重なりの結果、とりあえず今が良ければで生活を回している事実に関しては考える余力がない。

「なんかベランダの向こうの駐輪場にトマトソースが落ちてるんやけど」という関西住みの友達から届いた画像つきのスナチャに、「それはトラップ」と返信すると、スマホをロックしてパソコンを起動させた。

作ったばかりのプレイリストを聴きながら始めたカフェでの執筆は書き始めてから三十分ほどで最高頂を迎え、何度か振動で伝えられたスナチャの通知も開かず、最高頂のまま一時間半ほど書き続けていた。いくらでも書ける気がする日は滅多にない。二十枚くらいは超えていそうだけど、枚数を計算するとペースが乱れそうで、出てくる言葉とポイントの先にある空白だけに集中する。零さないように零さないように、延々キーボードを叩きながら集中力を切らさないよう気をつけていると、突然後ろで怒声が響いた。何だよこんな時にと思いながら書き途中の文章をスペースキーで慌ただしく変換していると、自分の向かっているカウンターテーブルが振動してびくりと振り返る。怒という言葉を貼り付けたような定年前後くらいの男がテーブルに手を叩きつけて私に何かを言っていた。イヤホンを外して「はい?」と聞くと、「うるさいんだよ!」とひどい剣幕で怒鳴り立てる。ハードコアを聴いていたけれど、イヤホンを外してもさほど音は漏れていない。この人は被害妄想系の人で、ただ単に絡まれているだけなんじゃないかと訝りながら「うるさかったですか?」と一応申し訳ない感じの表情で聞く。

「パソコン! これ!」

と指でテーブルをドンドン叩きつける。キーボードを打つ音がうるさかったらしいと気づき、「すいません」と言う。気をつけます、と言おうとした瞬間、「うるっさいんだよったく! 集中できねえっつうの!」と更に怒鳴りたてられ、気をつけますどころの話じゃないことに気づき、「移動します」と言うと私はパソコンを閉じその男から離れた席に移動した。男は自分の席に戻り読み途中らしき文庫本を手に取っても尚ぶつぶつと一人で文句を漏らしていた。隣のテーブルの女の人が私をじっと見つめて「……ねえ?」という顔をするから、私も肩をすくめて「ねえ……」という顔をしてみせる。

あのくらいのおじさんだったら、殴り合いになっても勝てるんだろうか。小太り以外に特徴のないおじさんの背中を見つめて思う。注意されて激昂しておじさんを殴ったり、逆に殴り倒されたりしたら、どっちも恥ずかしいよなと思うけれど、静かに湧き上がった怒りがふつふつと煮えたぎり始めているのも事実だった。どうしてキレる前に一言「キーボードの音がうるさいんですけど」と注意することができないのだろう。ふと母親の顔が浮かんだ。彼女もそういう人だった。私は平気、大丈夫よ、と言い続け、ある時突然「どうして察してくれないの信じられない！　私は皆から搾取されてる！」と被害妄想を爆発させヒステリーを起こすのだ。実家から離れたこんな場所で母の亡霊に出会うとはと思いながら、私はもう走らない指をのろのろとキーボード上に行き来させた。


その夜打ち合わせの予定が入っていた私は、真っ赤なワンピースに着替えてビストロの店に向かった。昔夫がやっていたのを真似して、怒っている時は赤い服を着るようにしている。相手の男性編集者に赤い服の理由としてさっきカフェで体験した事の顛末を話すと、彼は笑った。

「でもそれ、もし相手がスーツ着た男性だったらそんなキレ方しなかったと思いますよ」

「私もそう思いました。刺青がいっぱい入った男とかでもあんなキレ方しなかったでしょうね」

街中でああいう理不尽な目に遭わないためには、高級スーツを着た男やヤクザのような男を連れて歩く以外女に残された道はないのだろうか。

「帰国してからずっと思ってたんですけど、日本の女性店員って過剰に丁寧ですよね」

「日本の接客は世界一丁寧だっていいますよね」

「でも、男性店員は割と普通なんです。感じのいい人がいたとしても、フレンドリーって感じで。女性の場合はちょっと違ってて、度を越した丁寧さと気遣いなんです。で今思ったんですけど、彼女たちは今日私が遭ったような理不尽な怒りを日常的にぶつけられる職業で、そういう目に遭う機会を減らすために過剰に丁寧で親切になったのかもしれないですよね。丁寧で愛想が良くて気遣いができる、それが日本の女性が自分を守るためのシールドになってるのかもしれない。だとしたら、そんなに空気読まなくていいのにとか、気い遣いすぎだよ、なんていうアドバイスなんて向こうからしたら糞食らえって感じですよね」

フランスのカフェやビストロの店員たちの横暴な態度を思い出す。お会計や注文をしようと呼んでも「分かってる！」と言ったきり十分以上待たせたり、バゲットや水を忘れても謝りもしなかったり日本と比べるとひどいものだったけれど、彼らには賃金に見合った仕事をしているという、賃金以上のことはしないという搾取されないことへの意志が透けて見えた。

「でも最近、店員に外国の人も増えてきてますよね。彼ら、フランクでいいですよね」

「例えば日本人も名札にどこの国か分からないあだ名を書いたら、はしいる？　あったためる？みたいな接客ができるかもしれませんよね」

「いや、日本人がそれやったら店長に怒られますよ」

「まずは店員の国籍も生まれ育った国も、店長は知る義務も権利もないっていう世の中になららないといけませんね」

私は久しぶりのフランス料理をつつきながら、店員が厨房とやりとりしているフランス語を懐かしく聞いていた。帰りしな、シェフが店の前に出ていたので美味しかったですと言うと、フランス語喋れるの？　と彼は喜び、この夏までパリに住んでいたと話すと、どの辺？　僕もパリにいたんだ、その前はボラボラ島でシェフをやってたんだよ、と自分の経歴を話し始めた。ボラボラ？　と驚きながら何となく、店内でお会計をしている編集者のことが気にかかっていた。

フランスで友達と食事をする時はほぼ必ず割り勘にしていた。フランスでは夜に仕事を持ち込むことがほとんどないため、ディナーは基本的に友人同士やカップル、家族で赴く。そして友人同士でも恋人同士でも奢り奢られということはあまりない。恋人同士であっても、奢るということは金銭が介在する卑しい関係という印象が強いのだという。カップルの内どちらか一人がディナーで支払いをするということは、夫婦かそれと同等、あるいはどちらかが買われている間柄といった印象を与える。日本文化に慣れ親しんだフランス人はもちろん、仕事でディナーに訪れる男女がいることを知っているはずだけれど、ビストロ風の店構えの前でフランス語で話している内に、何となく自分が立場の弱い女性のように感じられ憂鬱になっていく。

二軒目に入った地下のバーは暗くて居心地が良かったけれど、私たち以外の客が皆帰った後、バーテンダーが「この間三組男女のカップルが来て、その三組とも女性がお支払いしていったんですよ。僕の時代からするとこれって結構びっくりなことで」と僅かに嘲りを含んだ態度で言い、私は少しイラっとする。

「女性が仕事して自立しているっていう象徴のような話で、私は嬉しくなりますけど」

「いや、僕の時代的にもそれはびっくりですね。やっぱり日本では男性が払う文化が未だに根付いてますから」

編集者の彼もそう言う。実際、私も付き合う前や付き合っている相手に払ってもらったら嬉しい。払ってもらっている間、それは単なる愛情表現や余裕があるアピールに思えていた。でも向こうからしたらそんなものではなかったのかもしれない。フランスにいる間夫が休職していたから、向こうにいる間生活費も夫の授業料も習い事の受講料も読む本代も美術館代も私が払ってきた。レストランや美術館で支払いをする時、勉強してばかりで働かない夫に軽く憤ると同時に、自分が働いている、自分が家族を養っている、ときっとどこかで私は驕っていた。

数年前友人が夫の「俺が食わせてやってる」的なモラハラと不倫に苦しんでいることを吐露した時、「私も浮気の一つや二つしても文句は言われないかもしれない。私と離婚したら彼は一文無しなわけだし」という発想が自然に湧き上がった。ずっと、モラハラ的な男や家事や育児をしない男を憎み死ねばいいと呪ってきたくせに、環境が変わって家族を養うプレッシャーに耐えている内に、毎晩飲み歩いて家のことを何もしない上不倫を繰り返しては開き直るような男と寸分違わぬメンタリティを身につけていたのだ。やつれた様子の友人を前に慰めの言葉が浮かばず、悲しみとも罪悪感とも違う、己への純度百パーセントの呆れ故に思わず鼻で笑った。

楽しげに話すバーテンダーと編集者の彼を見ながら、支払いによってプライドを保ってきた男性と同じなのだと気づく。ただ単に、自分に家族を養うだけの仕事があって、ただ単に状況的にそうなっただけで、だからと言って自分は何者でもないくせに、私はそういう空疎なプライドに縋って自分を鼓舞していたのだろう。日本に帰国して以来、自分の空っぽさがよりくっきりと見えるようになった。フランスでは、マイノリティであること、フランス語力が低いまま生活する苦労、雑多乱雑な日常の中で紛れていた空っぽさを、それらがない世界で直視せざるを得なくなったのだろう。

二軒目の後編集者と別れ、朝方までやっている家の近くのバーに寄った。自分一人で自分一人のために酒を頼み、自分一人で支払うことのシンプルさに心打たれながら飲み続け、でも結局帰り道人恋しくなってスマホをいじっていたら間違って友達にLINE通話を掛けてしまい、私もそれよくやるけどいい加減帰りなと窘められ、やっぱりコンビニに寄るとおにぎりとするめと明日のパンがなかったことを思い出して食パンを買い、玄関を上がったところで上着とストッキングを脱いだ状態で倒れて目覚めたら朝の六時で、軋む関節に呻きを上げながらバッグを漁ってスマホを見ると「コンビニ行きついでに見てみたんやけど、トマトソース使いかけやった」と入っていて、「触ったらthe end」と返信すると、その友人が屈んでトマトソースに手を触れさせた瞬間地球を包み込むように閃光が走り次の瞬間には全てが消滅しているという想像をしながらソファに移動して目を閉じた。

04 フェス

今は無き新宿東口のTSUTAYAでそのバンドに出会った。入ってすぐのところにあった試聴機のヘッドホンを手書きのPOPを読みながら何気なく手に取り、一曲聴いてすぐにそのシングルを一枚取り上げレジに向かった。何の帰りだったのかは覚えていない。でも目的なくTSUTAYAに入るくらいだからきっと憂鬱だったのだろう。

洋楽だと思い込んでいたが、ネットで調べて日本のバンドだと知った。まだ音楽配信が始まっていなかった時代で、CDショップに赴いてAmazonに在庫のなかったCDを見つけると心が躍った。瞬く間にCDもDVDもコンプリートしていた。

当時絶賛鬱祭りで精神安定剤や抗鬱剤を乱用し、摂食障害で体重が減りに減り生理が止まってホルモン治療を受け、心身ともにぼろぼろだった。カミソリで身体中を削りながら生きているがごとく、生きれば生きるほど痩せ細り、生きれば生きるほど全ての症状が悪化した。もう自分を保つことはできないのかもしれない。何をもって保つというのかも分からないまま漠然とそう思っていた。新婚で、小説も書けていた。嫌いな人や嫌いな仕事も特になかった。何が辛いのかも分からないまま、生きていくのが不可能であると思い知らされ続けているような日々だった。

そんな時に出会ったバンドだった。聴いているだけで見ているだけで歌詞を読んでいるだけで息の仕方を教えてもらっているように解放感に包まれた。常に新譜を待ち望み、ツアーとなれば必死にチケット争奪戦に参加し、日常的に公式サイトのニュースやメンバーのブログをチェックした。好きすぎて好きであることを公言できず、ライブは常に一人で行った。ライブに行って歌って汗だくになって泣いて、一人で帰る時間は純度百パーセントの幸福で、だからやっぱり誰にもその気持ちを伝えることはなかった。

新アルバムの制作が難航して危ぶまれたツアーの日程が発表され、STUDIO COASTのチケットを入手して間もない頃、妊娠が分かった。散々ライブでモッシュに巻き込まれダイブ勢に蹴られ痴漢に触られてきた私は行くことを断念してその永遠にもぎられることのないチケットをチェストに仕舞った。そうして出産した娘が一歳になった頃、そのバンドは活動休止を宣言した。

思い返せば、新しいシングルの制作も難航していて、苦しんでいるのだろうと思われるブログもあった。でも彼らが活動休止することを考えたことも想像したことも、彼らの存在を知った時から一度もなかった。

彼らの音楽もDVDも手の中にあって、それまで見てきたライブも脳裏に焼きついている。だからこそ、彼らが新しい曲を生み出さなくなるということがどういうことなのかよく分からなかった。よく分からないまま凄惨な育児に追われている内、予約して買ったラストライブのDVDの封も開けられないまま時間は過ぎた。娘が二歳になった頃、ちょっと時間もできたしと軽い気持ちでようやくそのDVDを見始めた私は、彼らがステージに出てきてギターを鳴らした瞬間涙が止まらなくなる。彼らが共に楽器を奏でることがない、彼らが新しい音楽を作ることがない、ステージ上から「お前ら」と呼びかけてくれたりアンコールに応えてくれることがない。それは初めて感じる絶望で、それでも私の目の前にはやるべきことが山積している。仕事と砂漠の真ん中に立たされたように、これからどこに向かえばいいのか分からなかった。育児の両立のため極限状態にあった時は気づかなかったことに、育児が少し楽になりDVDを見る余裕ができてきた頃ようやく気がついた。見上げればいつもそこで輝いていた星のようなものを私は失ったのだ。どこに向かってどうやって足を踏み出したら良いのか分からず今にも蹲りそうな気分で、エンドロールを眺めていた。

それから更に二年後、二人目が臨月の時に東日本大震災を体験した私は、その子が一歳になる頃フランスに住み始めた。音楽に救われることもなく、それどころか人や小説や執筆、そういうものに救われることを想像することもない生活に埋没した。頼れる人のいない母子三人の生活の中、原因不明の胃痛やインフルエンザリレーの中で、いつかこの子たちを死なせてしまうかもと思いながら、何かに救いを求めることも誰かに癒しを求めることも遠い国のおとぎ話のようにしか感じられなくなっていた。


「フェス行かん？」

六年のフランス生活の後日本に帰国した私を誘ったのは、フランスで知り合った友人の息子だった。彼もあの活動休止したバンドのファンで、ある時パリの片隅で行われたホームパーティで意気投合したのだった。当時高校生だった彼は活動休止後にそのバンドのファンになった後発組で、たくさんいるだろうとは思っていたけれど本当にそういう子たちがいるんだと嬉しくなって、散々彼らへの愛を語った。好きすぎて誰にも言えなかった思いは、十年の時を経てようやくスムーズに流れ出した。

そのフェスには活動休止したバンドのボーカルが結成した新しいバンドが出ていた。新しいバンドのCDも全て買っていたし、やっぱりどの曲も好きだったけれど、一昨年一時帰国に被っていたため喜び勇んでツアーチケットを申し込んだ時は先行も一般も当たり前のように落選して、生で見たことはなかった。かつて私がライブ漬けになっていた頃と違って転売対策が整ったアプリチケットを導入した先行に当選したと聞いた時、喜びと同時に緊張が走った。十一歳の長女の妊娠前に行ったのが最後なのだから、彼を最後にステージで見たのは十二年も前のことなのだ。

そのバンド以外のライブもちらほら行ってはいたけれど、フェスは初めてだった。服装は？ カイロは？ モバイルバッテリーは？ と初心者なことを散々検索して赴いた会場で物販とクロークの列を甘く見ていたことや、入場規制がかかるタイミングを学び、次から次へとステージを移動し懐かしいモッシュの波に揉まれ、少しずつテンションが上がっていく。それでもどこかで邂逅の瞬間に緊張しているのは確かで、ずっと好きだったバンドが活動休止して、そのボーカルが別のバンドで活躍しているという事実にナーバスになっている自分を自覚せざるを得なかった。

あのTSUTAYAの試聴機、道端のイヤホン、スピーカーとプレイヤーを新調したリビング、出版社会議室の缶詰、あらゆる場面で受けてきた救済を完全に喪失したのかもしれない。その不安は完膚なきまでに、そのステージのトリだった彼らがリハでステージに上がった瞬間に消え失せて、高揚したまま本番を迎えいつまでも飛び跳ね腕を上げ歌い続けた。ダイブエリアを避けたステージ向かって左寄りの最前から二列目に陣取っていた私は、さほど聴きこんでいないと思っていたのに予想以上に滑らかに出てくる歌詞に驚いていた。

彼らがステージから消えて歓声と手拍子が鳴り響く。昔よく行った新木場のライブを思い出していた。いつまでも手拍子をしていたあの時、いつまでもこの手を止めたくないただもう一度この目でもう一目見たいと身体中汗だくであちこち痛くてへとへとでも無理やり手を打ち鳴らしていたあの時の気持ちが蘇る。あのバンドとは違う、メンバーも違う、歌もあの頃とは変化した、それなのに変わっていなかった。

スタッフがアンプのシールドを抜き楽器を撤去していく中、手を打ち続ける。何だよお前らと言いそうな様子で出てきた彼らの姿を認めた瞬間、弾けたように涙が流れた。どんなに涙を拭い続けてもステージは滲んで彼らの姿が鮮明に見えない。MCの間じゅう泣き続け、曲が始まったらずっと、涙を拭わないまま歌い腕を上げ飛び跳ねた。私が見ていない間も彼らは誰かを救い続けこうしてライブで誰かを泣かせ続けていた。バラバラだった何かがカチンと嵌ってそしてその嵌った完成形のものがシューンとどこかに飛んで行ったようだった。そしてまた新たなピースたちが目の前にある。きっとこのピースたちを私はジリジリしながら嵌め続け、彼の音楽やライブを糧にまた完成させてはシューンとどこかに送り続けるのだろう。

「こんなに楽しいって思わなかったよ。フェスってなんか、どっかでリア充な奴らの集いって感じがしてて」

テンション高く言う私に、そう？　と友達はフラットに答える。

「うん。ついていけるかなーって不安だった」

「音楽好きなんて皆どっか隠キャなんちゃう？」

規制がかかってなかったら行こうと話していたステージに入場規制がかかっていたため、仕方なく野外スクリーンの前に座り込みながら、完全リア充そつなく生きてる系大学生だと思っていた彼の意外な言葉を聞いて、ふうん、へえ、と私は大きく頷いた。

「確かに、音楽とか小説に救われたことない人をすごく遠く感じることがある」

言いながら、フランスに行く前に仮住まいしていた岡山で知り合った友達の話を思い出した。彼女は若い頃大好きだった身内を亡くした時、ひどい絶望に直面していたと話した。

その時私すごく好きな作家さんがいて、その人の本を必ず持ち歩いてたのね。それでふとした時に突然その家族の死っていう現実がのしかかってきて発作みたいに息苦しくなってもう無理死にそうってなると、道端でもどこでもその人の本を開いて読んでたの。内容は全く関係ない恋愛の話だったりするんだけど、その世界の中に入り込んでる内に息ができるようになったんだ。

その話を聞いた時、強烈な肯定感と共に急激に彼女に引き寄せられた。この人のことが死ぬまで好きだ。そう思った。私にもそういう、小説との出会いや小説との蜜月の経験はある。それでも彼女が、私が小説家だと知り堪えきれずといった様子で語ったその話は私の心を完全に射貫き、衝撃を与えた。彼女に対して抱いたのと同じ思いが、今日フェスでぶつかり合った人たちに僅かずつ湧き上がっていった。アンコールを終え彼らが舞台から消えてからずっと持っていた、今すぐ両手で顔を覆ってしゃがみこんで二度と動きたくないという気持ちは、今日のセトリや別のバンドのパフォーマンスについて話している内に消えた。

それでも、新幹線に乗り東京に帰る間、そのバンドのセトリでプレイリストを作って聴いている内に感傷的になって、アンコールの曲が流れてきたらやっぱり泣いた。どんなに生きづらくてもこの生きづらさが死ぬまで続くのだとしても、あのバンドが存在するこの世に生まれてきて良かった。原発事故避難していた彼女と岡山で偶然出会い読書体験を聞いたこと、その後移住したフランスで後にフェスに誘ってくれることになる友達と出会ったこと、人と人、記憶と現在が繋がりこうして再び音楽に泣ける日が来たこと、全てに感動していた。

東京に戻った翌日、筋肉痛になることを見越して予約していたマッサージ店で若い女性マッサージ師に肩を揉まれながらずいぶん固いですねと言われ、一昨日フェスに行ってずっと腕あげてたんですと答える。

「目当てのバンドは何だったんですか？」

私がそのバンドの名前を口にすると、私も大好きですと彼女は黄色い声を上げた。

「実は私も月曜、大晦日にCDJで見るんです！」

嘘でしょほんとに？　最高の年越しじゃん！　思わず顔を上げて言う。世間が年末休みに入ったこんな時期に力仕事をしている彼女が、あのバンドを見て幸福な年越しをすることが心から嬉しかった。こんなに穏やかな気持ちで人と接することができたのはいつぶりだろう。小説に救われ音楽に救われ何とか生きてきた。そしてこうして藁をも摑むように言葉や音楽から力をもらい息をつなぐ人たちがたくさんいるのだという事実こそが、星を見失ったとしてもどこかへ立ち向かう力を与えてくれるような気がした。

## 05 ラーメン

　今年も「#保育園落ちた」のツイートが出回り始めた。このままでは仕事を辞めることになる、という母親たちの悲痛な叫びがこの身に激しく響く。全ての働く女性に仕事を辞めてもらいたくない。せめて子供の誕生を機に仕事を辞める男性と女性の数が同じになるまで、保育園は増やさなければならない。

　入園可の知らせを聞いた時、安堵で泣けてきたという話をよく聞く。寝不足と育児疲れで記憶は曖昧だが、確か私も第一子の入園可の知らせをもらった時泣いた。でもそれよりもよく覚えているのは、保育園に入れなかったらと想像して強烈な不安の中で泣いていた時のことだ。認可に落ちたら、認可外に空きが出なかったら、とノイローゼになってまくし立てる私に、夫は絶対どこか入れるから大丈夫だよとさっぱりした態度で、とにかくやれることはやったんだからという彼の言葉は、私はこの世に一人なのだと思い知らせただけだった。入園可の知らせは、出産して以来ずっと孤独だった私の心に初めて明かりを灯してくれた。

妊娠した時点でピストルに弾を込められ、出産したら最後ロシアンルーレットに強制参加という未来が待っている中で子供を持とうと思える女性がどれだけいるだろう。職場環境やベビーシッターの普及率など社会の前提が違うが、単純にこれがフランスだったら確実に大規模なデモが起こる案件だ。

ツイッターをスクロールしながら思わず歯を食いしばっていることに気づいて意識的に力を抜く。途端に周囲にいるスーツ姿の男たちが憎く思えてくる。普通に働くことを当然の権利だと思いやがって！　お前らのその保障された社会生活が私たちにとってどれだけ貴重なものか理不尽なリストラでもされて思い知るが良い！　こうして女は男を憎み、男は女を愛せなくなる。保育園問題一つ解決できない状況を見ていると、この国を覆う無力感の理由がよく分かる。優先席に座り、ベビーカーに手をかけたまま天を仰ぐように上を向いて大口を開けて眠っている女性に、あと二つで終点だよと頭の中で語りかけながら、私は電車を降りて遅れ気味の待ち合わせに向かった。

私はやっぱり女を捨てることはできない。

二軒目でテーブルに出されたばかりのタパスをつつきながら、レイナはきっぱりと言い切った。そりゃそうだと反射的に呟くが、その後の言葉がぼやける。十代の頃、彼氏の友達の彼女として知り合い、お互いその時の彼氏と別れてからもちらほらと付き合ってきた彼女の視線の強さに、なぜか自分が責められているような気分になる。

レイナは結婚直後からぽつぽつ旦那の愚痴をこぼしていた。結婚数年で旦那に浮気疑惑が浮上してからは一ミリの共感も思いやりもなく、旦那の話をする時常に苛立ち嫌悪を剝き出しにするようになった。そしてようやく夫への愚痴が出なくなったのは、数年前彼女が不倫を始めた時だった。

時折不倫相手と会ってガス抜きをしながら家庭を切り盛りする彼女は、陸でもんどりうっていた魚が川へ放流されたかのような解放感に満ちていた。爪や髪をつやつやに保ち、ブランドコスメの感想やそれと同じ熱量で彼とのデートや情事について話す様子は十代の生き生きとしていた頃を思い出させ、結婚以来家庭に引きこもり浮気疑惑と育児に追われぼろぼろになっていた彼女が回復したようで、傍で見ていた私はどこかほっとしてさえいたが、ここにきて不倫相手との関係がうまくいかなくなりはけ口をなくした彼女は、最近出会い系アプリを利用し始め、それで何とかバランスを取っていると話した。

「寂しい時インスタント的に啜る恋愛だっていいと思うけどさ、会う人は慎重に選びなね」

「苦しいんだよ。家にいると死にそう。旦那がうざい」

彼女の言葉は、自分を追い詰める者への呪詛の言葉のようだ。

「相変わらず離婚は考えてないの？」

「子供いるし、子供は旦那好きだし、それに今更働けない」

何度も聞いてきた言葉だ。ため息をつきつつワイングラスからぐっと白ワインを飲み込むと、窓際の席に座る男が小さく手を振っているのに気づく。さっきトイレ前で、後で二：二で飲まない？　と誘ってきて無理と答えたのに、行っていい？　とジェスチャーで聞く男に、レイナに見つからないよう睨みつけて首を振る。

「彼に会いたい」

彼とは不倫相手のことだ。もう何年もダブル不倫を続けてきた彼が突然連絡無精になった理由は、奥さんに勘付かれたか、奥さんとの関係が改善したか、レイナが重くなったか、他に不倫相手を見つけたか、のどれかだろう。

「向こうが引いてるなら今は自分から連絡しない方がいいと思うよ」

分かってるけどさあとレイナはぐずるように何だかというカクテルを飲む。昔からお酒というとシャンパンやカクテルしか飲まない彼女は十代の頃からあまり変わっていない。思えば、彼女は十代の頃から専業主婦になりたいと言っていた。当時の私にはなぜ彼女がそんなことを言うのかさっぱり分からなかったけれど、今の彼女を見ていると、彼女がその道を選んだことの意味が少し分かったような気がする。働かないことで守ってきた未成熟の成熟が、強烈に感じられた。働かない女性にも当然ながらプライドがあるのだという事実に、改めて思い至る。そして自分が女性という言葉を使う時、どこかで働いている女性という前提を含んでいることに気づかされる。

仕事という要素のない人生でアイデンティティを構成するとしたら、子供や夫からの愛や、美味しいご飯を作れて家を綺麗に保てる、よくできる妻、母という定型化した肩書きといった所にそれを見出すしかなく、夫との関係が破綻してしまった彼女が別の人に穴埋めを求めるのは当然の流れと言える。同じ専業主婦でも、夫との関係は破綻していて子供にも疎ましがられてるけどそれでも気にせず家事やって生きていくという割り切った人もいるけれど、女を捨てられないと言い切るその迷いのなさにのみ、私は彼女らしさを見ることができたような気がしていた。

「飲んだ後の帰り道は連絡しちゃいけない人に連絡しちゃう時間帯だから気をつけな」

そうなんだよね、そうなんだよなあ、とレイナは繰り返して本当に悲しそうな、そして悲しい自分に苛立っているような表情でグラスを持ち上げると最後の一口を飲み干した。

終電の二本か三本前の電車はそれなりに混んでいて、何となくすっきりしない気分のままたツイッターを見ながら揺られていると、すみません、この電車は池袋に停まりますか？　と背の高い外国人の男の人が声をかけてきた。終電が近くそこまで行くか分からなかったため、乗り換えアプリを開いて調べてから「大丈夫です。池袋まで行きますよ」と言うとホッとした表情でありがとうと彼は答えた。こういう、人が聞きたいことに答えるという一対一の往復のコミュニケーションを取っていると安心する。ピンボールのようにあちこちにぶつかりながら目的地に向かっていくような複雑なコミュニケーションや駆け引きは苦手だ。娘に勧められてインストールしたオンラインゲームのクラッシュ・ロワイヤルでも、相手のデッキ内容やエリクサーコストを把握して戦略的に攻めるようなやり方はできず、ただただ自分の手札の中から最善の手を打つ以外の戦い方はできない。だからトロフィーは二千前後で伸びどまり、何度デッキを構成し直してもアリーナ7と6を行きつ戻りつしている。自分の戦い方の限界値を知った気がして、無力感に駆られ最近あまりやる気になれない。

駅からの帰り道、前に一度だけ寄ったことのあるバーが目に入ってあまりの寒さに思わず足が向く。客は私一人だけで、カウンターに座ると「あ、前にも来てくれましたよね」とバーテンダーが声をかけた。

「すごいですね。来たのもう三ヶ月くらい前ですよ」

と一応言うが、頭では口にピアスが開いているから覚えられやすいのだと分かっている。ジントニックを頼むと、最近近くにできたラーメン屋の話を彼が振ってきた。

「ああそこ、行きましたよ。劣化版二郎でした」

「ですよね？　あそこ絶対すぐ潰れますよ」

そう彼は笑いながら答えた。

「この辺いいラーメン屋あります？　こってり好きなんですけど」

「この辺は駄目ですね。ラーメン不毛地帯です」

「あ、でも天一美味しいじゃないですか」

「えー、天一でいい系ですか？」

え、天一でいいじゃん！　と言うと、昔飲み帰りに天一行ってラーメン出てきた瞬間にゲロ吐いちゃったことがあって、そしたらちょうど丼ぶりがなみなみになったんですよ、と彼は最低な話をして笑った。これから天一行くたびその話思い出すやつじゃないですかそれ。と私も笑った。ラーメン屋が如何に儲かるかという話や面倒な客エピソードを聞きながら、その下世話さが何となく居心地良くて、結局四杯くらい飲んだあとお客さんが増えてきた店を後にした。

手に切り傷があるんじゃないかと両手を二度見するくらい寒かった。イヤホンから流れる音楽がふっと薄れ、ポコンとＬＩＮＥのバカみたいな通知音がして、震える手でスマホをアンロックするとレイナから「結局帰り道でＬＩＮＥしちゃった」と入っていた。そっか、と呟いて私はスマホをポケットに入れる。大人になっても仕事をしても親になってもこんなに寂しいなんて思わなかった。こんなにも癒されたくて、こんなにも誰かを求めてしまうなんて思わなかった。

すぐにもう一度ポコンと音が鳴ったけれど、レイナからの連投を読む覚悟がなかなかできず、ポケットに手を入れたまま見渡す限り誰もいない道を、イヤホンから流れる曲に合わせていつもより少し大きな声で鼻歌を歌いながら家に向かって歩き続けた。

06

# 牡蠣

お互いに好意を持っていることは分かってたのになかなかそういう関係にならなかった男の人と初めてセックスした時の羞恥とカタルシスが入り混じった皮膚のひりつくような緊張、膀胱炎で血尿が出る時の尿道からオナモミを排出するような痛み、リストカットをする時のカミソリが手首ににゅっと吸い込まれる感触、ニードルが肉や軟骨を貫通する時の脳がチカチカするトランス感覚、新生児を抱えてリズミカルに揺する時手にかかる柔らかさと重み、ああああの時と思い出せばまざまざと蘇る皮膚感覚だ。

ずっと来たいと思っていたスペイン料理屋に仕事の打ち合わせで訪れ、クラッシュアイスの上に並べられた海鮮盛り合わせを目の前にした私は、いつでも思い出せる感覚の一つである、牡蠣をこじ開ける感触が腕に蘇ったことに気づく。サーディンのマリネ、ボイルエビにボイルつぶ貝、ウニの殻に盛られた生ウニ、ぷっくりと身の厚い生牡蠣はその中でも抜群の主役感を醸し出している。

「これぞ日本の牡蠣って感じですね」

「そう言えば、前にフランスの牡蠣と日本の牡蠣の違いについて熱く語ってましたね」

笠原さんにそう言われて、そうか笠原さんにも既にこの話をしていたかと、誰彼構わず牡蠣について語りすぎている自分に気づかされ、もう何度目だろうと思いながら毎回笑顔で相槌を打ってきた数々の温く憂鬱な場面が脳裏に蘇り、自分も誰かに同じ思いをさせているのだとしたら、迷惑なポップアップ広告のように相手の意思によってバツ印をタップされ自分が消失させられるシステムが開発されればいいのにと未来頼みの自己嫌悪で一杯になる。


パリで牡蠣が出回る時期、ユミと二人でしょっちゅう牡蠣会をしていた。一人一ダースずつ用意した牡蠣を各々黙々と開けるところから牡蠣会は始まる。丸みのある下殻を、ふきんを挟んで左手に持ち、右手に持った牡蠣ナイフを上と下の殻の間に二、三時の方向から突き刺す。最初は固く、本当にこんなものが開くのだろうかという気になるが、殻の端をぐりぐりとナイフで削り、ねじ込んだナイフの先端で上側の貝柱を切った瞬間、ふっと上の殻が軽くなる。中からじわっと溢れ出した海水がふきんを濡らし、牡蠣と上殻の間にナイフを滑らせるとほろっと上殻が外れる。この時殻の中に溜まっている海水は一度全て捨てる。置いておくと再び海水が溜まっていくのだが、この牡蠣が吐き出した海水には、牡蠣の甘みが染み出していて最初の海水より美味しいのだ。舌上に蘇る牡蠣の甘みに胸を膨らませながら牡蠣ナイフをねじ込み、次から次へと牡蠣を開けていく喜びが、生々しく全身に蘇る。

片方の貝柱を切られていない牡蠣はまだ生きていて、レモンをかけるとキュッと身が縮む。フランスのレストランでは生牡蠣は必ず生きたまま提供される。レモンをかけて動かない生牡蠣は死んでいるから食べてはいけないとすら言われている。日本ではオイスターバーであろうが出される生牡蠣は上下とも貝柱を切られているし、それどころか塩水で洗われていたりするし、提供される時殻の中に海水も残っていないと説明すると、アンナは応援しているチームが負けた時のサッカーサポーターのような表情を浮かべていた。

「最近、フランスから帰国したあと特に、美味しいものを食べる幸福を嚙み締めてるんです。これって歳のせいなんですかね？　昔は吉野家でも高級フレンチでも、体験としての満足度は違っても、ご飯としての満足度なんてそんな変わらなかった気がするんですけど」

「それは歳のせいですね」

そう断言した私の二つ年上の吉岡さんに、へえ、と二十代の笠原さんが意外そうに言う。

「実は僕も、昔は上司たち見てて何でそんな美味しいものにこだわるんだろうって不思議だったんです。で、あれはきっと満たされてない性欲が食欲に転化してるんだろうって思い込んでたんです」

笠原さんは最低！　と声を上げて笑った。

「でもね、僕もここ五年くらいですね、食事に深い満足を感じるようになったんです。で、それはやっぱり性欲とは別物なんですよ」

「分かります。それまでとは満足の深度が違うんですよ。胃の満足じゃなくて、舌と脳の満足って感じなんです。私この間開高さんの食エッセイ買っちゃって。もう美味しい料理とか酒の話読んでるだけで幸せなんですよ」

話はそこからNetflixで配信されているグルメ番組の何々が面白いという話になり、「そういえば知り合いの編集者が『孤独のグルメ』見る時もう仕事のシーン飛ばして食べ始めるところから見てるって話してました」、と言うと、二人は「分かるー」と声を揃えた。

生牡蠣では飽き足らず注文した牡蠣のアヒージョをつつきながら、ふと数年前ユミの旦那と話した時のことを思い出した。あれは確か、牡蠣会の日ワインを飲みすぎ完全に潰れて眠ってしまったユミを置いて帰れず、深夜帰宅した彼に家まで送ってもらった時だった。

当時すでにお互いに夫婦関係を良好に保とうという意思が潰えていた彼らは、私から見れば何で離婚しないんだろうとしか思えない状況で、でももうそう思い始めてから二年くらいが経過していた。お互いに愛情はない、思いやりもない、相手の置かれた状況に想像力を働かせることもない、二人ともそんな相手と和解や相互理解のために話し合う労力さえ惜しいと思っているようで、離婚するにしたってしないにしたって話し合わなきゃ何も解決しないじゃんという、鶏がいなきゃ卵は産まれないし、海がなきゃ浜辺も存在しないし、生きなきゃ死なないよねくらい当たり前なものとして発せられた私の意見は一ミリも意味をなさなかった。

「別に俺は離婚してもいいんだけどね」

よくこんな状態で関係維持できるよねと私がしみじみ言った後、彼は躊躇なくそう答えた。

「まあ、向こうもしてもいいと思ってるんじゃないの？」

「でもそうなった時、やっぱ一番に浮かぶのは子供のことだよね？」

当然のように言う彼に、私は一瞬言葉を失い、そういえばユミも離婚の話になると必ず子供が、と言うのを思い出す。

「例えば犬を一緒に飼い始めたカップルがさ、もうお互い愛はないけどこの犬が可哀想だから別れないでいようって話し合ってたらなんか違和感ない？」

「犬と子供はちがくない？」

「こういう時血の繋がり的なことは抜きにして考えた方がいいと思うよ。実子も養子も犬にとっても家族との離別は辛いだろうけど、誰かの監督下にあるんだから責任者の人生の決定に従うのは仕方ないことじゃない？」

このテーマについて私と彼が話したところで有益な話にはならないだろうと思いながら、動かない折り紙のボートに苛立って下敷きで扇ぎたいような気分だった。

「でもあいつ働いてないし、子供養っていけないし」

「ユミはあんたが働くの嫌がったから専業主婦になったっていつも言ってるけどね」

「そんなこと言ってないよ。子供たちとの時間取りたいって向こうが主張してたんだよ。俺はむしろ働いて欲しいって思ってる」

「離婚に関しても、私はしてもいいけど向こうは承諾しないって言ってるよ」

「俺だって別れてもいいと思ってるよ。でももう話し合える雰囲気じゃないし」

二人とも、自分は別れてもいいと思ってる、としか言わないところが彼らが生活を共にし続ける理由なのだろう。子供、稼ぎ、相手の親、跡取り、理由を挙げればきりがないし、あの時ああ言ったそっちはこう言ったと過去の言葉に罪をなすりつけても生産的な話し合いにはならない。お互いに自分がどうしたいか伝え合って、二人の理想に近い未来像を打ち立て、その実現のためにお互い尽力することができれば継続であれ離婚であれある程度二人の納得のいく結論が出せるはずだ。

でも、と私はかつてユミに絶望した時のことを思い出す。

「人と人は話し合えばそれなりに理解できるし、理解できなくてもお互いの主張を尊重して共存していくことは可能だよ。そもそも自分の言葉が誰かに伝わるって信じられなければ私は発言することも小説を書くこともできない。伝わるっていうのは全ての表現の第一前提だよ」

いつか複数人での飲み会で人と人との分かり合えなさについての話になってそう主張した時、ユミは「あんたええ子やな。真面目やな」と嘲笑したのだ。私はこんなにも愚かな人間と共存していかなければならないのかと、自分がどれほどの茨の道を歩いているか思い知り、その夜憤怒を担いで帰宅するとその憤怒を床に叩きつけ踏みつけ蹴り上げるようにして彼女の言動をあげつらい存在を根底から否定する怒りの文章を書き起こしたが、その私の文章は愚かで下世話な人間を論理的にぶちのめしたいという激しい欲望に突き動かされた共存とは程遠い文章で、ミイラ取りがミイラとはこのことかとさらに思い知り、この怒りはこの怒りが鎮まった頃彼女とそれに対立する者のどちらかをバカげたものとして描くのではなく読む人が双方の正当性を感じられる形で小説として完成させることで初めて意味を持つ怒りになるであろうと自分に言い聞かせて次の日になっても収まらない怒りを何とかかんとか抑えつけた。

離婚に関してもユミはそうなのかもしれない。真面目な話をしようとすれば、「あんた真面目やな」と話し合いを拒絶するのかもしれない。それにこの旦那に対しても何を言っても暖簾に腕押し的な気分になることを考えると、彼らは似た者夫婦で、話し合っても意味ないし話し合う力が惜しい、という諦念の上にできあがった巨大な断絶のもとに、実際には外野が思うよりも幸福に成り立っているのかもしれない。だとしたら、私の言葉が届かないのも通じないのも当然だ。
　こんな下品な小説！　という罵倒や、死ね！　という清々しい全否定の読者アンケートを読んでも心が動かなかった私にあんな無力感を抱かせたのは、その時のユミと、十五年前の母親だけだ。私のデビュー作を読んだと電話してきた母親は開口一番「セックスシーンは減らせないの？」と言ったのだ。その後に何か続けるつもりだったのかもしれないが、私が電話を切ったためそれは今も分からない。ユミにも母親にも、きっとその時守りたいものがあって、そういう道筋に於いて私はただひたすら邪悪な存在でしかなかったのだろう。

　生ハム盛り合わせにたこのポテトサラダ、蟹のグラタン、ワインのチェイサーにビール、という快楽の極みのような食事の後二人と別れると、もうべろべろに酔っ払っているのに帰り道通りすがったバーに足が向いた。もうこれで満足なんだけどもう一杯飲みたいという気持ちを、分かる人と全く理解できないという人がいて、その二つの区別はとても汎用性のある区別なのではないかと最近よく考えているが考えるのが大抵酔っ払っている時だから何にも汎用できていない。いつもいるバーテンダーがいなかったため、ちょっといつもとは違うものを頼んでみようと、何か飲みやすいハイボールくださいと注文して、じゃあこれはどうですかとウィスキーを紹介されて出てきた時にはもう何のハイボールだか忘れてしまっているハイボールを飲むと美味しくて、結局もう一杯お代わりをする。途中で入店した二人組の男が一つ席を空けて並んで座り、とにかくずっとキャバクラとデリヘルの話をしていて、いつものおしゃべりなバーテンダーがいないためやけに彼らの話が鮮明に聞こえてくる。二時間飲んだら十万取られるようなキャバ嬢とタダで飲んだという話や、デリヘル嬢と本番をしたという話、それってヤバくないの？　まあそこは交渉次第っていうか腕次第でしょうといった話で、昔知り合いだったデリヘル嬢がいかに本強してくる客を恐れているか聞いていた私は彼らの死滅を望む。

「俺は言ってみればナチスやで」あのユミと対立した飲み会の時、ユミの味方をした友達が吐いた言葉が蘇った。このパワーワードは何かにつけて脳裏に蘇る。「あんたは純粋やねんな」そこに追随したユミの言葉も蘇る。彼らには私が偽善者にしか見えなかったのだろう。確かに私は席を一つ空けて居合わせた男性たちの死滅を願っている。幼い頃から私はこの世に生きる九割以上の人間の存在を許せなかった。でもその九割と路上ですれ違い電車に乗り合わせ出会ったり出会わなかったりしながら、この地球上で許せない九割と共存してこれた。それはきっと、私が書きながら生きてきたからだ。

偽善でも何でも、書かなければ生きられない、そして伝わると信じていなければ書けない、私は生きるために伝わると信じて書くしかない。どうやったって、この人生の中で信じることと書くことから逃げることはできない。何だか奇妙なパラドックスだなと酔っ払った頭で思って、お会計お願いしますと手を挙げた。

信じることと書くことから解放された人生とは、どんなものなのだろう。それは憂鬱と倦怠の中で緩やかに続いていく愛憎や執着から切り離された夫婦関係のように、私が思う程の地獄ではないのかもしれない。帰り道そんなことを考えていた。

なんか悲しいんだよなあ。長女と次女と私の三人で歩いていると、唐突に長女が言った。さっきまで二人でふざけてゲラゲラ笑っていたのに、どことなく憂鬱そうな表情を浮かべている。

「私もちょっと悲しいんだよ」

私がそう言うと、「ほんとに？」と長女が驚きの表情を浮かべ、「わかる」と次女が同調した。

「なんか世界の終わりとか考えちゃうよね。私世界の終わりのことを考えるといつも頭が痛くなるんだ」

七歳の次女の意外な言葉に、私の悲しみはそういう悲しみじゃない、と思いつつ口を挟まずにいると、二人は世界の終わりがどういう形で訪れるかという話を始めた。月が爆発して地球にぶつかるとか、世界中の草木が枯れて酸素がなくなって人間が滅亡するとか、そんなハリウッド的な世界滅亡の話をしていたけれど、その話はすぐに前を歩いていた女の子が犬のぬいぐるみを散歩させている姿を見つけた彼らが何あれ可愛い！　とはしゃいでかき消された。女の子が紐で引っ張っているぬいぐるみは倒れることなく鈴を鳴らしながらトコトコと歩いている。どういう構造なんだろうと思いながら観察していると、道の段差のところで車に撥ねられたように跳ね上がり、無事着地するとまた普通に歩き始めた。その様子に大笑いしてママあれ欲しいとねだる次女を窘める。来週に誕生日を控えた彼女は未だに誕生日プレゼントを何にするのか決めておらず、これ以上候補を増やしてもらいたくなかった。

日本の子供はスレてる。一時帰国のたびに日本の小学校に通わせていた友人らからそう聞いて覚悟していたが、実際に帰国してみるとそうでもなかった。

帰国して間もない頃、十一歳の長女が友達の家に行く時ぬいぐるみを持っていくというから、そんなものを日本の子の家に持って行ったら子供っぽいとバカにされるんじゃないかと懸念を示したら、皆で一つずつぬいぐるみを持って集まっておままごとをする約束なのだと長女に反論された。帰宅した長女に本当におままごとをしたのかと聞くと、おままごともしたしシルバニアファミリーでも遊んだと言う。へえ、と言ったきり私は閉口した。

時代や土地の違いによるものが大きいのだろうが、私が彼女の年の頃にはすでに筋金入りの不登校だったし、ぬいぐるみなんて一つも持っていなかったし、友達と化粧品を万引きしたり、立ち入り禁止のマンションの屋上とか非常階段とかでこの世界に絶望して飛び降りようか悩んだり、小説を読んで現実逃避したりしていた。

「パパ、叩かれてるのかなあ」

スーパーで買い物をしている途中、ふと思い出したように次女が言う。思わず笑って叩かれてるかもねと答えると、次女は自分が叩かれているような苦痛そうな表情を浮かべる。夫は昨日から修行道場に三日間の修行をしに行っているのだ。フランスにいた頃、向こうで一銭も稼いでいなかったくせに日本への帰国を嫌がっていた夫が唯一日本に帰ったらやりたいこととして挙げていたのがこの修行道場に行くことだった。

もともと日本で空手をやっていた彼は、フランスの大学で哲学を学ぶ傍ら合気道の道場に通い始め、大学がない時などは週六で通い詰めるほどで、合気道にのめり込めばのめり込むほど修行や座禅といったものに惹かれていき、修行道場の存在を知ってからはことあるごとにその話をしていた。帰国から半年が経ち、彼はとうとうその機会を得たのだ。

修行中は警策で叩かれると聞かされていた娘たちは、なぜそんな所に自ら行きたいと思うのか？　とずっと怪訝そうだった。しかし毎朝シャワー後に絶叫しながら冷水を浴びる習慣のある父親のことだから、彼には何がしかの自分たちには理解できない衝動があることを子供たちも分かっていたのだろう、止めることはなかった。

「俺は別人のようになって帰ってくるだろうね」

彼は修行に出発する前そう言って、それを聞いた私は思わず吹き出して「もし修行中に死んだとしても彼は自分の意思で死んだって思えるよ」と答えた。修行中はスマホ類は没収され、敷地内どころか道場から出ることもできず、外部との連絡は完全に断たれる。身内の死など緊急の場合は道場に連絡してくれと彼が言うので、たかが三泊でと私は呆れた。

クラスの誰々が誰々のこと好きなんだって、この間TikTokでこんな動画があったんだよ、TWICEのダンスの振り付けにこんなのがあってね、ニキが言ってたんだけど先週イランのヌーベラン（新年）だったんだって、みんなカオナシのこと怖いって言うんだけど私は可愛いと思うんだよ。

旦那がいると私と旦那が話の主導権を握るため子供たちはあまり口を挟まないのだが、旦那がいないと途端に食卓はこんな脈絡のない話に支配される。

「カオナシみたいな男がいたら私は絶対好きになるね」

カオナシが可愛いと言う次女に共感してそう言うと、「私はいや。だって気持ち悪いじゃん」と長女が言う。次女は私と同様こたつから出られない系なのだが、長女はあまりこたつに入らないどころか家に留まらず外にガンガン出て友達と遊びまくる系で、同じ親を持つ子供であっても性格や好みは生まれ持ったものなのだなと最近頓《とみ》に痛感する。次女は「テラスハウス」が好きでよく見ているのだが、男性の新メンバーが入ってきた時の反応を見ていて私と男の趣味が同じだと気づいて以来、未来への不安が高まっている。一般的には、カオナシキモい！　と言ってのける女の方が堅実な男と結婚しそうだ。

認識のグラデーション、とか、氣について、とか、ポストヒューマニズムについて、などの話をし、掃除の大切さを説いたり何か心身の不調を漏らせば水を浴びろと勧めたりする、この家に於ける唯一の雑音的存在である男性がいなくなった家では箍が外れたように、次女がYouTubeのTWICEの動画をテレビで流し、長女がYouTubeをチラ見しながらスマホでゲームをやり、私はパソコンで「孤独のグルメ」を流しながらクラッシュ・ロワイヤルの対戦とポケモンGOを繰り返すという知性の欠片もない夕食後のひと時が流れた。普段、週六で塾に通い夜遅くに帰宅している長女を慮って、春休みはどれだけだらけても文句は言わないようにしようと心に決めていた。掃除洗濯食器洗いゴミ捨てを担う旦那がいなくなったら家は荒れるだろうし寂しいだろうと思っていた予想も割と裏切られ、家事は子供を使いながら何とかこなせるし、おかずの量も少なくていいし、旦那が甘やかさない分私がどやせば子供達も宿題をするし、いつもより仕事の時間を長く取れ、なかなかに充実していた。

「今日の説明会、新卒の人がスピーチしてたんやけどどう考えてもブラックなのに本人ニコニコしながら話してて怖かったわ」

就活中の友達からのスナチャに、「洗脳は研修じゃなくて就活の時から始まってるんだね」と返信する。企業説明会の嵐だと聞いていたのもあっていよいよ心配になる。君ほど優秀ならどこでも入れるとか、一度就職したっていくらでも転職できるしとか、こんな嫌な思いするのは今だけだよなどと付け加えようかどうか迷って、いや彼はそんなこと分かってるに違いないとスナチャを閉じかけて、元気が出るかもしれないと思って「昨日から三泊で旦那が修行道場に行ってるんだ」と入れる。しばらくすると「旦那さんどこを目指してるんや笑」と返ってきた。少しほっとしてクラッシュ・ロワイヤルをまた開く。

ウルトラレアカードを三枚ぶち込んだ最強デッキを作成した私は、とうとうアリーナ10に到達し、長女と長女のフランスの友達たちで構成された十七人参加しているグループの中でぶっちぎりの一位に躍り出ていた。旦那は二位だ。しかしちらちらとランキングを見ていて分かったのは、このグループの中で定期的に対戦しているのは私と旦那とDadという名前のうちと同様メンバーの子供に勧められ始めたのであろう父親らしき人だけのようであるという事実だった。呑気な小学生だった頃と違い、中学に上がった彼らは勉強に追われているに違いない。フランスでは中学に上がってから大学を出るまで過酷な勉強を強いられるのだ。うちの長女も帰国してからは旦那より早く家を出て、学校が終わったあと一瞬家に帰ってお弁当を持って塾に行き、旦那よりもずっと遅く帰宅している。大人って意外と暇なんだな、たまにクラッシュ・ロワイヤルを開いてトロフィーを増やし続けている親を見て子供たちはそう思っているかもしれない。

旦那不在の三日間で意外なほど書き溜まった原稿にほくほくした気持ちではいたが、帰宅日になるとわくわくしているのも事実で、いつも何を食べているのか分かっていないであろうブルドーザーのような食べ方をする旦那のため、昨日の三倍くらいのおかずを作って彼を待った。

「パパの声かわいい！」

次女が旦那の掠れ切った声を聞いて嬉しそうに言う。どうやら次女は男性の情けないところや弱いところを「かわいい」と認識する思考回路があるようで、まるで自分を見ているような気持ちになる。

「どうだった？」

「もうぼろぼろだよ」

痣になってるんじゃないかな、と作務衣を脱いだ彼の背中には肩甲骨のあたり一面に赤い痣が広がっていて思わず顔を顰める。TWICEのカワイイ世界からグロテスクな痣を突きつけられた子供達も完全に引いていた。当初の意気込みに反して疲弊しきった旦那が愉快で、夕飯後寝室で横になった旦那の横に寝そべり、睡眠時間は？　ご飯は？　どんな人が来てた？　と矢継ぎ早に質問する。

時計も携帯もないから何時に就寝かは分からなかったけど、多分九時くらいから朝四時くらいまでは睡眠時間で、ご飯は麦飯とおかず少しと白湯。麦飯はおかわり自由。修行内容は正座したまま目を閉じて大声で祝詞を唱え続けること。中年から年配が三人と、部活の先輩に勧められて来たっていう大学生の男女がいたと彼は話した。

「祝詞唱えるだけなの？　それってきついの？」

「腹から声出さないといけないいんだよ。声が小さかったりふらついたりすると背中叩かれてドヤされる」

「ドヤされるってどんな風に？」

「叩かれて、胸ぐら摑まれて揺さぶられてちゃんとやれコラァ！　みたいな」

まじ？　と呟いたきりドン引きのあまり言葉を失う。

「目を瞑っているから良く分からないんだけど、一人につき五人くらいが取り囲むんだよ」

「五人も？」

「ワンセットやると三十分くらい休憩してまた次の修行に入るんだけど、俺は割と元気だったから最初は休憩中素振りとかしてたんだけど、若い子達は体育座りで膝に顔埋めて無言って感じでさ」

「そりゃそうでしょ。今の若い子ってそんな暴力的なものに触れてないだろうし。スマホ没収されるってだけでもかなり暴力的なのにさ」

「俺夜中に隠れてスマホ見る夢見たよ」

「その大学生たち、よく最後まで耐えたね」

「彼ら休憩時間もぐったりしてて何も話さなかったんだけど、最終日に少し話すようになってたよ」

私はほっとすると同時に胸が苦しくなる。私はどんな暴力も否定している。そして私の旦那は自らそういう暴力的な場に身を置くことを選ぶ人なのだ。

また行こうって思う？　と聞くと、旦那は言葉を濁した挙句「あの修行道場とは正反対のものに苦しんだ時とかは行きたいって思うだろうね」と言う。私はその正反対のものにどれだけ苦しめられ鬱に苦しんでいたとしても、修行道場には永遠に行かないだろう。もっと言えば、修行道場よりも死を選ぶだろう。

「これだけのものに耐えた、っていうのはあるよね。今会社でどんな嫌なことがあっても全く意に介さないだろうな、って思うよ」

「例えばだけどさ、その大学生の二人がブラック企業に就職して、洗脳研修みたいなの受けたとしたら、あの時よりまし、って全然耐えられるかもしれないよね」

「それは、全然マシだろうね」

「あの修行を耐え抜いたんだからこんなん全然よゆーで耐えられるわ！　みたいな感じで、この体験をそういう方向の自信にしちゃうんじゃないかってちょっと心配だな」

「いや、逆に抵抗力がつくんじゃないかな」

へとへとな彼は瞼が重そうで、子供達はまだリビングでTWICEを踊っている気配であるのに、今にも眠ってしまいそうだった。基本的に鬱は早起きや掃除や武道や水行をすれば治ると思っている旦那と、早起きや定期的な掃除、武道や水行をするような人は鬱にはならないし鬱な人はそんなことできないし、そんなことをするくらいなら死ぬと思っているのだと主張する私は、一生分かり合えないだろう。それでも重なり合った部分はあって、その部分のかけがえのなさを思うたび、私はこの人と一生離れられないような気がする。この人とは離婚するほかなさそうだ。そういう判断を下したことも何度かあったけれど、彼のかき鳴らす雑音に揉まれている内、意外なほどその雑音に私の憂鬱や死にたみが紛れていることを自覚した。永遠に分かり合えない人と一番近いところで生きることこそが、きっと私にとっての修行なのだ。

いつの間にか寝息を立て始めた旦那の横で、リビングから届くかしましい子供達の声に顔を顰めながら、唐突に悲しいと言った長女の声が蘇る。長女はいつか気づくだろうか。ふとした拍子に「なんか悲しいなあ」と言う時、必ず私が「私も悲しいんだ」と答えていることに。そして気づく。私は幼い頃、悲しみに共感してくれる人が欲しかったのだと。そして今、もはや私は悲しみに共感してくれる人を欲していないのだと。私の悲しみなど露知らず、自ら望んで修行に赴く人に救われているのだと。

08

# 未来の自分

エレベーターが七階に到着し扉が開いた瞬間、諦めと共に、いらっしゃいませと言われるタイミングを見計らってイヤホンを外す。最近イヤホンを外す瞬間いつも思う、この音楽のない世界に戻ることは死に等しいのではないだろうか。いらっしゃいませという言葉にこんにちは、とにこやかに答え、受付でメンバーズカードを出しながら、想像でしかないけれどへその緒を切り離された胎児の悲しみに近いものを感じる。イヤホンを外すたび、私は自分を内包する暴力的な強度を持った現実に傷つく。

お酒やドラッグ、ギャンブルや恋愛などと違い、音楽依存による弊害は聞いたことがないが、ここ最近音楽への依存が激しくなっていることに不安がなくもない。最近は寝る時もイヤホンで音楽を聴きながらベッドに入る。たまに激しいイントロで動悸の中目覚める。悪夢を見て起きると大抵イヤホンのコードが身体に巻きついている。

ウィーンと倒れていく施術台に寝そべりながら、本日もいつも通りCカール百四十本でよろしいでしょうか？　と聞く店長の長野さんにいつも通りでお願いしますと微笑む。美容師と世間話をしながら、新刊のインタビューを受けながら、子供達の担任と彼らの学習や教育について話しながら、気心の知れた友達と飲みながら、常に人と向き合いながら、激しい乖離を感じる。音楽を聴いている時、きっとその乖離が軽減されているのだ。中毒になるものというのは、往々にしてそういう性質のものなのかもしれない。自分との融合を感じられる瞬間が、脳を溶かすのだろう。でもそもそもどうして自分がこんなに乖離しているのだろう。

つまり依存体質でない人間というのは、自分自身の中に乖離を感じていない人なのかも知れない。そう考えるとこれまである種の人々に対して感じてきた違和感が少し解消された気がした。一本一本まつげにエクステを接着されながら寝落ち、ビクッと起きてはエクステが瞼の隙間に刺さり、染みる接着剤に涙を滲ませる。すみません、という長野さんの言葉に、いえ、と答える。自分が悪いのだ。自分の責任だ。この人生の全ての根拠は自分にある。人生に対する強大な無力感に、そんな思いが被さる。

「昔の自分が想像していた、あるいは理想としていた未来の自分と比べて、今の自分はどうですか？」

ファッション誌のインタビューの終盤に飛び出した質問に、頭が真っ白になる。そもそもこうなりたいとかこうでありたいとかいう、余裕のある生き方をしたことがあっただろうか。死なないことに重きをおいて行動し続けてきた時間の積み重ねがこの人生であったというだけの気がする。マズローの欲求五段階説では食欲や睡眠欲など生命を維持するための本能的な欲求が第一階層とされているが、その第一階層の欲求に対立する破滅衝動、消失衝動のようなものが時折足元から湧き上がり生理的欲求を押しつぶそうとする。だから私は今も緩やかに摂食障害で、緩やかに睡眠障害で、緩やかな消滅願望を持て余している。でもそんなの、溢れかえった物ものの中で生きる現代人にとってはある程度デフォルトなのかもしれない。

未来像をあまり想像もしていなかったし理想も持っていなかったと答えながら、胸が苦しくなってくるのを感じた。かつての私は未来の自分を想像する余裕など微塵もなかったはずだけれど、少なくとも今のような自分になるとは思っていなかっただろう。人生の中で最も死に近づいた十四歳の頃から、きっと何一つ変わっていない。消えたいと消えたくない、壊したいと守りたい、気丈でいたいとスポイルされたい、愛したいと愛されたい、二十年経っても相変わらず私はそんなことに苦しんで世間的に幸福と言われる幸福を享受できないまま藁をも掴むように一日一日を生き長らえているだけだ。昔に比べて傷つくことは減った。外部のあれこれを自分と切り離して考えることができるようになったからだろう。そういう技術を体得し生きやすさを手に入れたと同時に、その生きやすさの上にある人生すら思うように生きられないという事実に純粋な驚きを隠せない。

「今の質問について考えてたら何だか胸が苦しくなってきました」

冗談半分に吐露して皆の笑いをとる程度に、今の私は図太くはなっている。憂鬱を持て余し、人、小説、音楽、酒、といった雑草を摑み、崖から落ちる途中のところにしがみついている。この緩やかな消滅願望と共に土の上に捨てられた齧りかけの林檎のようにゆっくりと朽ち果てていくのだろうか。そんな予感はしていたし、これまでの生き方を鑑みればそうなる可能性は高いのだけれど、その予想のつく人生に少しずつ疲弊と絶望が重なり今ここで頽《くずお》れそうになっている自分がいる。

瞬間的な心の充足ではなく、恒常的な魂の充足などあり得るのだろうか。そんなものはこの世に存在せず、間を持たせたり凌いだりして、人生は紡がれていくものなのではないだろうか。全てがまやかしで、全てが退屈しのぎ、退屈しのぎに病み、依存できる何かを探し求め、依存した暁には依存に病む。これまでもこれからも、それ以上の人生を送れる気がしない。


にこやかにお疲れさまでした合戦をして、出版社を出てイヤホンを耳に差し込み駅までの道を歩いている途中、一年以上連絡を取っていなかった友達からＬＩＮＥが入り、名前を見た瞬間思わず「おお」と声が漏れる。本帰国の連絡すらしていなかったことを思い出し謝りつつ会う日程を決める。話したいことがあるんだよねという言葉から、その内容が旦那の不倫か彼女の不倫かのどちらかであることを悟る。ここ数年、女友達の話したいことがあるという連絡の後に語られる話のほとんどがそういう類だ。

日程と場所が決まり、向こうが送ったスタンプでLINEが途切れると、すぐにまたLINEの通知が入る。レイナからのLINEで、明日彼と会いたいから工作LINEを送ってくれないかという内容だった。一時期距離を取っていた不倫相手とは関係を持ち直したようで最近はうまくやっているようだ。大まかな設定を聞き、明日渋谷で七時から皆で飲んでるから来れたら来てというLINEをさくっと送る。私とはこの間飲みに行ったばかりだから、私の名前を編集して大学時代の友達からの誘いということにするらしい。不倫の相談を持ちかけてくる友達はいても、ここまでえげつないことをさせる友達はさすがにそうそういない。「めっちゃ助かるー！　多分これで出れる」と入ってきてスマホをバッグに入れる。彼とうまくいってさえいれば、レイナは幸せそうだ。その手放しの幸福はレイナの置かれた状況を鑑みると病的にも感じられるが、色々ひっくるめて難しいことを考えず幸福を全身で享受できるのは彼女の才能だとも思った。

「新社会人五日目どうだった？」

ＬＩＮＥをくれた友達に一年半ぶりに会いに行く途中、新宿東口のロータリーでチャラい男が声を掛けてきた。イヤホンの向こうからでも聞き取れたその言葉に、思わず笑ってしまう。三十五のロピの入った女に十八番ネタを披露する雑さに好感を持った。

「新社会人じゃないの？　新社会人一年と五日目？　違う？　なに、後輩できないの？　いつまでも下っ端のまま？」

四月一日から、彼はこの手を使ってナンパを続けているのだろうか。だとしたら、何日目までこの手を使い続けるつもりなのだろう。終始イヤホンを外さないまま呆れ笑いをしながら手を振ると、彼はノリ良くじゃあね！　と笑顔で手を振った。日本のナンパはなぜこうもバカげているのだろう。フランスではこういう手合いは全くなかった。彼氏はいる？　結婚はしてる？　どこかで食事かカフェでも。フランスでは皆大真面目にそうやって声を掛けてきた。だから私も大真面目に結婚していることを伝え、食事には行けないと答えた。日本の馬鹿げたナンパはもはや文化と言っても良いかもしれない。

イヤホンを外し現実に引き戻される苦しみを味わいながら、炉端焼きを売りにした地下の洒脱な居酒屋に入ると、すでにカウンターに座っていた友達に手を挙げる。

スパークリングを二つ注文したあと聞かされたのは、彼女の不倫でも彼女の旦那の不倫でもなく、旦那の海外駐在が決まったという話だった。一緒に行くの？　と聞くと、彼女はもちろんと眉を上げて言う。私海外に住んだ経験ないから、色々聞きたいなと思って。思わずナンパの違いの話をしたくなったけれど、ぐっと我慢して乾杯すると、自分の持っているノウハウと瑣末な情報を全て彼女に捧げようと途端に決意する。彼女に幸せな駐在生活を送ってもらいたかった。仲の良い旦那と二人、異国の地で家族のありがたみや意義を再確認する生活を送ってもらいたかった。ほんの数分前まで彼女たち夫婦のどちらかが不倫していると思い込んでいたくせに、そんなことを思っていた。いやむしろ、そう思い込んでいたからこそ、彼らの幸福を祝福したかったのかもしれない。彼女たち夫婦には、どんな絆があるのだろう。映画でよく見るニューヨーク郊外の一戸建てで暮らす彼らを思うと、矢で射貫かれたような衝撃が胸に走り、そこからだらだらと血が流れるような切なさに全内臓が萎縮した気がした。

異国に暮らす移民たちにとって家族というのは大きな心の支えであり、それだけで自分を肯定してくれる存在となる。少し前に読んだ、海外生活について書かれた記事を思い出す。過酷な異国生活の中でも、私にとって家庭はアイデンティティになり得なかった。家庭とは、成り立たせ回さなければならないものだった。自分は家庭が倒れないように回り続ける歯車でしかない、その思いが鉋《かんな》のように、硬くなった皮膚を鋭くリズミカルに削り続けているようだった。

自立して欲しい、自分に依存しないで欲しい、結婚当初からそう言い続けた夫の望みは叶ったと言えるだろうか。『棒がいっぽん』そんなタイトルの漫画が昔実家の本棚にあった。このタイトルがここ数年ことあるごとに頭をよぎるようになった。私はまるで、「棒がいっぽん」そこにただただ転がっているような存在だ。支えたり支えられたりを完全に排除した人間だ。家に帰ったらあの漫画をポチろう。そう思いながら、家具とかどうした？　どっか預けた？　フランス語すぐ話せるようになった？　フランスの病院ってどうだった？　と無邪気な彼女の話に、私は一つ一つ、失敗談や苦労話で笑いを取りながら、図太くなった神経で、愛情と老婆心でもって、彼女が幸福な海外生活を送れるよう祈りながら丁寧に答えていく。

向こうでの生活が落ち着いたらみんなで遊びに来てよ、そう言う彼女に行く行く！　と答えて手を振ると、絶対だよ！　と彼女も手を振った。背を向けて三丁目の駅に向かって歩き始め、イヤホンを耳に押し込む。流れ始めたロックに少しずつ体が麻痺していく。ほくほくしていた気持ちが少しずつ平熱に下がり、そこからさらに降下していく。駅の階段を下り改札に向かって歩きながら、表情が完全に死に絶え、泣き出しそうな自分に気づく。

音楽が止まっているのに気づき、もう一度アルバムを最初から流す。また止まっているのに気づいて、また流す。そういうことを続けながら、こうして緩やかに鬱になり、緩やかに回復しては、やっぱり生きたいと思ったりやっぱり死にたいと思ったりして生きていくしか、残された道はないのだろうか。

こんな自分になるとは思っていなかった。あの質問を聞いて以来、何度もその言葉が胸に湧き上がる。

## 09 グループライン

宅配食品の注文を三回立て続けに忘れていた。あらゆる飲食物、消耗品が消え失せ、あれがないこれがないと毎日のようにAmazonやロハコで注文をしてもあれがないこれがないは途切れず、この家に恒常的な焦燥を生じさせ続けている。子供のいる家庭を回すには、思いついた時に何かをやるのではなく、システマティックに活動しないと破綻してしまう。もう十年以上前にそう思い知ったはずなのに、今改めてひどいスパイラルに巻き込まれていた。ここ数年我が家のゴミ捨てを担っていた夫が、ゴミ捨てをサボりがちになり資源ゴミを二回出し忘れたため、玄関には大量のペットボトル、缶、段ボールが積み上げられ、締め切り直前のような忙しさがもう一ヶ月以上継続していた。

ゴールデンウィークのせいで全体的な進行が滞り、新刊の刊行でイレギュラーな仕事が増え、少し延ばせないかと編集者に相談した締め切りが思ったよりも延びず、数ヶ月前にチケットを取っていたライブが立て続けに入っていて、あらゆる悪条件が重なっていた。朝まで執筆をして、寝不足のままその日の予定を短時間の昼寝やレッドブルに頼ってやりすごす。そんなことを繰り返す日々は常に眠くて憂鬱で、どこにいてもここから逃げ出したいと思い続けていた。

めちゃくちゃにゴミが積み上げられた玄関で上着は？　靴下は履かないの？　と次女に確認し、いらなーいと言われたが一応カーディガンだけひっつかんで私もパンプスに足を入れる。

「ねえ、パパはママの他に好きな女の子はいるのかな？」

出がけに発せられた次女の唐突な質問に思わず笑ってしまう。

「どうだろうね。ママには分からないよ」

「ママはパパの他に好きな男の子はいる？」

「いたらどうする？」

「そしたら私は自分にナイフを刺して死ぬよ」

どこかしら世の憂鬱に共鳴するきらいのある次女の言葉に顔を曇らせる。私が思春期の頃、ベティ・ブルーやトレインスポッティング、バッファロー'66辺りの破滅志向映画にハマったように、彼女にもそういうものに惹かれる資質を感じるのだ。だからこそ私は彼女が触れる創作物に関しては気を遣ってきたのに、この歳で見せて良いのだろうかと不安になるような日本アニメを寛容に見せてきた夫のせいでこんな発言をするようになったのではないかと不信感が募る。それでも「そんなことを言ってはいけません」的なことを言う気にはなれず、私は「そんなことしたらママも死ぬよ」と絡まった次女の髪の毛に手ぐしを通しながら言った。別にもう髪の毛を梳かしてやるような歳でもないのに、彼女の髪のもつれはこの家庭のもつれの象徴のような気がして仄かに申し訳なさを感じる。

マンションのエントランスを出ると、彼女はタンポポの綿毛がまとわりつくような柔らかさで私の手を取り歩き出す。彼女は人に甘えるのがうまい。フランスの小学校に通っていた頃、保護者会や説明会などで学校に赴くと、いつも次女は長女の友人らに可愛がられ、膝にゴロンとして撫でられていたり、抱っこされていたり、髪の毛を編み込んでもらっていたりした。夫や、私の父親なんかにも駆け寄り飛びついて抱っこさせる術を持っている。

少し前、夫に次女を任せて友達と飲みに出かけた際、次女から電話が掛かってきたことがあった。合コンに使われる系の騒がしい店内でどうしたの？　と怪訝に聞くと、ちょっと声が聞きたかったの、と言われ、二、三言葉を交わすと、じゃあねと切られた。大丈夫？　と聞かれ、声が聞きたかっただけだってさ、と答えると、そういうとこ母親譲りだよねと友達は笑った。そうかなと苦笑する。私は甘ったれた人間ではあるけれど、あんな風に自然に人に甘えることはできない。私は寂しくて仕方ない時に藁にもすがる気持ちで抗えない衝動によって人に手を伸ばすだけで、ああいう人たらし的な甘え方はしていない、とそこまで考えて、次女もまた藁にもすがる気持ちで色んな人たちに甘えているのかもしれないと思い至る。例えば、もしも彼女が男児だったとしたら、私たちは分かりやすい共依存の関係に陥っていたかもしれない。そんな自分の身も蓋もない性質に呆れつつ、ジントニックを呷った。

次女を習い事に連れて行くと、近くのファミレスでパソコンを開き執筆を始める。これは週に二回の習慣で、何となくこの時間になるとほっとする。それにしても眠かった。三日くらいまともに眠れていないような気がしたけれど、もしかしたらもう一週間くらいまともに眠れていないかもしれなかった。パソコンに向かったまま船を漕ぎ、ハッと顔を上げてもぐんぐん頭が下がっていくような感覚に襲われる。まるで自分の頭から魂がにゅっと飛び出しているようだった。きんきんに冷えたビールをぐいぐい飲んでも、眠気のせいかすぐに身体中が暖かくなっていった。奥の席に真っ青なバッグを傍に置いた、ぐるんぐるんのパーマヘアの女性を見つけて、ああまたあの人だと思う。このファミレスでも、この隣にあるカフェでも、この通りにあるコンビニでも、しょっちゅう見かける女性だった。ご近所ではあるのだろうが、不思議なことに、この夕方の時間でも、昼間でも、深夜でも見かけるのだ。向こうも私に気づいているようで、遭遇するたびジロジロと遠慮なく視線を寄越す。店員に注文したりするところも見ているため、自分にしか見えない人なのではないかという疑問は持たずにいられているが、ここまで遭遇率が高いと不穏なものを感じざるを得ない。もしかしたらあれは未来の自分で、過去の自分を見張りに来ているのではないだろうか。見張られるとしたら、どんな理由があるのだろう。未来で破滅を迎えた私が、過去の能天気だった自分に何か苦言を呈するつもりで来ているのだとしたら、一体今の私のどんなところに彼女は危機感を抱いているのだろう。未来の自分の忠告を聞きたいとも思うが、忠告を聞いたところで私の人生が劇的に好転することもないような気もする。

じゃかじゃか鳴っていた音楽が突然着信音に変わり、びくりと飛び起きる。パソコンの画面は真っ黒で、奥の席に座っていたあの女性ももういない。慌ててイヤホンのボタンを押すと、習い事が終わった旨を次女が伝えた。せっかくの仕事に費やせる時間をしっかり眠ってしまった。しかも頬杖をついたままの姿勢だったから、さほど睡眠ストックにはならなそうだ。あまりにも無駄が多い。あまりにも。苛立ちながらパソコンとスマホをバッグに詰めて会計を済ませる。

宅配食品を頼んでいなかったため、次女を連れてスーパーに行くと大量に買い物をした。次女にも軽い袋を持たせ、二人で重たい重たい言いながら帰る途中、長女に塾で使うためのバインダーを買っておいてくれと頼まれたことを思い出す。最初に言われた時にAmazonで買っておけば良かったのに二度、三度とリマインドされては「分かってる」と答えつつ忘れ続け、塾で用意できてないの私だけだからそろそろ買ってくれない？　と昨夜遠慮がちに言われていた。ごめんもう一個買わなきゃいけないものがあったと次女に謝り、来た道を戻り百均でバインダーと、切れていた排水ロネットやお弁当用のタレびんやキッチンペーパーを購入する。一個じゃないね、という次女の言葉に余裕のある返しもできず、白けた空気のまま再び帰路を歩む。

両手を真っ赤にして帰宅すると、食洗機に適当に食器を突っ込み夕飯を作り始める。夫は最近、ゴミ捨てだけでなく食器洗いもあまりしなくなった。外食したかったーという次女のわがままを諌めながら、なぜ切る材料の多いマリネサラダと筑前煮なんていうメニューにしてしまったのだろうと訝りつつ延々野菜を切断している途中、夫が帰ってきた。すぐにビールを飲み始め、今日あったことを話し始める彼に生温い相槌を打ちながら、ふと集中力が切れた瞬間に手の甲をフライパンに触れさせて「あつ」と小さく声を上げた。次女も夫も気づかなかったようで、次女はテレビを、夫はスマホを見ている。見る見る腫れていく傷に水をかけながらも、眠気でうとうとしてくる。

ご飯だよと招集すると、次女と夫がやって来て食卓を囲む。

「ママご飯食べないの？」

「あんまり食欲ないから、おかずだけでいいや」

食欲がないのも事実だったけれど、ご飯を食べると眠くなってしまうという理由もある。酔っ払っても眠くなるから、ストロングを飲みたいところをビールにした。

九時半に帰宅した長女にママがいて良かったと感謝され何かと思ったら、学校から渡されたプールの許可書に明日までにサインが必要だと言う。パパだってサインくらいできるよと言うと、パパはよく分かってないから、と彼女は顔を顰めた。

あ、そうだこれ、とついでのように渡された塾の請求書を見て愕然とする。数日前塾の面談に赴いた際、日本語の遅れている長女のマンツーマンを提案され、見積もりを出してくださいと話した七月分の見積もりには二十三万と書かれていた。

こんな値段を提示してくるなんてどうかしてる、そこに夏期講習が入ったら七月は三十四万になる、三十四万って文芸誌に書く原稿用紙七十枚分くらいの原稿料だよ？　訳がわからない。あらゆる怒りがここぞとばかりに爆発して、私は夫に喚きたてた。こっちが出せる額を提示してスケジュールを再検討してもらおう、という夫の冷静な言葉に、私は萎んだ風船のようになってそうだねと答える。やりたい放題やって生きてきた自分があらゆる方面から追い詰められている現実が滑稽で仕方なかった。思わず鼻で笑って、我慢していたストロングを開ける。

レモン味のストロングを勢いよく呷りながら、溜まりに溜まっていた十人ほどで構成されたグループラインを開くと、今日決行されたホームパーティの画像と皆の感想が五十件ほど入っていた。ママ友たちのグループだったけれど、皆小さい子供を持っているため、小学校に通う子供のいる私だけ都合が合わず参加できなかったパーティだった。残念だったけれど、どっちにしろこの状況じゃ参加できなかったなとも思う。二、三歳の子供たちが戯れ楽しそうに遊ぶ姿や、親子で写っている画像、○○ちゃんがああだったこうだったという感想を見ながら、自分だけがどこにも存在できる場所がないような孤立感に陥る。彼らは存在する場所を持っていて、私にはないなんてことはあり得ない。分かっているのに、なぜか完全に全ての存在から切り離されているような気分だった。

あんな幸せな親子になりたかった。またそうやって幻想を抱いては、孤独を感じる。私のこの家庭だって、グーグルフォトで見る限りこの上なく幸せそうだというのに。

それでも、余裕のない自分にはどこか解放感がある。普段気になることが何も気にならない。焼身自殺を図って燃えている最中の人が、人の悪意や社会の不寛容さ、世間からの抑圧や誰かの俗悪さや反吐の出るような慣習なんかに見向きもせず己の苦しみにのみのたうち回れるように、私も今、自分の苦しみに向き合いのたうち回っている。むしろそれ以外のことに向き合うことができず、炎上しながら自分の醜悪さから発生する有害な黒煙を吸い込み始めて数ヶ月が経つ。いい加減そろそろ発狂するのかもしれない。そう思いながら、燃え尽きもはや残りは黒焦げの鉄筋だけのような頼りない存在となった私は、グループラインに「いいなあ私も次は絶対参加したい！」と送信した。そして能天気なスタンプも忘れずに添える。

# 10 母

「ひさ！　15に締め切り明けるっつってたよね？　明日か明後日空いてる？」

アカリから届いたLINEに、「ごめん20日まで締め切り延ばしてもらったからまだ明けてない」と返信する。

「じゃ明けたら！」という好感度百パーセントの返信に癒されると、私はスマホで時間を確認し次のステージに向かって歩き始めた。朝の十一時に始まったフェスで二つのステージを移動し続けて六時間、すでに足は棒のようだった。締め切り延ばして何やってるんだろう。会場に向かいながら抱いていたその疑問は最初のステージを見た瞬間に吹き飛んだ。

ずっとチケット抽選に落ち続け、生で見る機会を逃し続けていたバンドの演奏を見てから、ずっと夢の中にいるような心地だった。こんな風に人を夢見心地にさせる音楽がこの世に存在するだけで、やっぱり生きていけると実感する。もう駄目かもしれない辛すぎてこの世界には生きていられないかもしれない、普段そんな風に自暴自棄になりそうな自分を何とか抑えつけることがライフワークになっているけれど、ライブやフェスに来ると途端にこうして痛みや苦しみが麻痺していく。今日も音楽に救われた。明日も明後日も救われるのだろう。その確信が、目の前の暗さに慄き生きることに逃げ腰になりそうな自分の足元に光を当ててくれる。

延ばした締め切りが、ようやく明けて落ち合った居酒屋で、アカリは最近の私の混迷した生活ぶりを聞いて鼻で笑った。

「まずそのゲーム？　そのクラッシュなんとかは消去。フェスは年二、三回にする。仕事は無理して受けない、一週間遊んで一週間仕事漬けとかは止めて、毎日決まった時間に仕事をする。これ以上の対策はないね」

家事と育児を完璧にこなし、時短勤務とはいえばりばり働き、仕事の付き合いも友達付き合いもご近所付き合いすらもそつなくこなし、さらには不倫相手と月一か二程度デートして全ての要素に満たされ全てのカテゴリにおいて好成績を残し周囲の多くの人々から愛されているアカリの言葉には、社会人ひいては大人の余裕が透けて見える。

彼女の生活に不倫という要素がなければ、母として妻として社会人として過大な役割を押し付けられている悲惨な現代の女性像を体現した人という感想を持ったかもしれないが、そこに不倫という要素が加わると途端に「自由奔放かつ器用な女性」という印象に変わるのが不思議だ。

彼女はなぜこんなにも人としてバランスが取れているのだろう。羨みや憧れこそ抱かないものの、アカリを見ているとこんなバランスの取れた母親のもとに生まれたかったという思いになる。なぜ私はこんなにもバランスが悪く、人付き合いが苦手で、計画的に行動することができず、あらゆる秩序や全体性を乱してしまうのだろう。

「そんなんじゃいつか破綻するよ」

ささがきのごぼう揚げが歯茎に刺さった痛みに戸惑っていると、アカリが日本酒の枡を持ち上げながらそう言って、そのダブルの痛みに顔を顰める。いつか全てが駄目になる、いつか全てから見捨てられる、私は幼い頃からそういう漠然とした無根拠な不安とともに生きてきたけれど、そのいつかはとっくに訪れていると思うこともあれば、そのいつかは永遠にやってこないのかもしれないと思うこともある。

「ノートルダムの修復の話題になるとさ、元の形に近いものを望む人と、全く新しい、例えばガラス張りの植物園的なものを作っちゃおうみたいな人と極端に分かれるよね。まあこの場合折衷案みたいなのをとると一番ダサくなるから極端になるっていうとこもあるだろうけど」

「何の話?」

「例えばだけど、アカリは不倫相手と結婚しようとは思わないの?」

「だから、私は今の生活に満足してるんだってば」

アカリは半ば呆れ気味に言った。ばりばり働いている女性ほど、同じ話を繰り返す女や、頭の回転が遅い女を本気で嫌悪する。面白いことに男は別枠案件なのか、同じことを言っても嫌悪まではされず冷笑で流される。

確かに、結婚も仕事も子供も不倫相手も手に入れている彼女が、それ以上の充足を求める意味はないのかもしれない。旦那との関係は冷え切っているが、安定した子供との生活、高級住宅地のタワマン生活、ここまで夫婦で築いてきたものを考えた時、同じく既婚者である不倫相手と危ない橋を渡って互いに慰謝料を払ってまで一緒になることを求めないのは当たり前かもしれない。彼女はきっと今持ち得る欲望を完全に満たせる状況にあって、離婚して不倫相手と一緒になったら、むしろ喪失感を抱くようになるのかもしれない。不倫相手に本気にならず、それでも最大限不倫の楽しさを味わっている彼女はどこまでもバランスが良く余裕があって、その余裕っぷりに、私はたまにこうしてもやつく。

そういえばこの間ほとんど一年ぶりに旦那とセックスしたよという報告に、どうだった？と脊髄反射で聞くと、セックスは変わってないけど彼と比べちゃうから満足度が低くなったと切り捨てるアカリに苦笑しながら、私はやっぱり余裕がない人が好きだ、と思う。何かに焦がれ執着し、周りからどう思われるかという客観性を完全に喪失した人間に、今も昔も惹かれる。

バタイユの『眼球譚』やモラヴィアの『倦怠』、オルハン・パムクの『無垢の博物館』といった小説に惹かれて止まないのも、この何かに執着する登場人物らに対する留めようのないフェティシズムに似たざわめきを感じるからに違いない。こんな小説があってね、と薦めたとしても、アカリは「え、それストーカーじゃん、変態じゃん」と一刀両断するだろう。

「最近彼が口に出したがるんだよね」

アカリの下ネタに笑ってワインを飲み干しながら、少し前に旦那に浮気されたと相談してきた友達が、「私精液飲めないから浮気されたのかな」と憂鬱そうに漏らしていたのを思い出す。リポスフェリックっていうジェル状のビタミンCは精液の十倍は不味いとか、メニエールになった時処方されたメニレットって薬は百倍不味かったとか、ピータンの方が味の方向性としては無理かもとか、くだらない話をしている内に、微かに湧き上がり始めていたアカリへの違和感は綺麗に忘れ去られていた。

「彼女みたいに全てを手に入れてる系の人が夫婦関係だけ破綻してるから、不倫相手と結婚したいと思わないのかなって思ったんだけどね」

「家庭壊したくないっていう気持ちは分かんで。私も子供たちが懐いてるっていうのが離婚せえへん大きな理由やし」

一時帰国中のユミはそう言ってビールを飲み干す。約一年ぶりに会ったユミが相変わらず旦那の浮気を許容し何だかんだで共同生活を成り立たせているという事実に半ば呆れ半ば感心しながら頷く。これほど大きな事案を前にしてブレることなく子供が夫に懐いているという理由を口にする彼女には潔さが漲り、自分の中の「何がどうしてそんな状況に？」という疑問が少しずつ萎えていくのを感じる。

「浮気されて普通に一緒に暮らし続けるメンタルを支えるものって何？　いつかまたかつてのうまくいってた頃に戻れるっていう確信？　それとも向こうの思い通りになりたくないっていう意地？　子供子供って言うけど、普通に愛し合ってる夫婦のもとで育った方が子供にとっても幸せじゃない？」

「あんたも浮気されてみ？　そんなはいはい分かりました離婚しますよなんてことにはできへんよ。まあそもそも今離婚したら私じゃ子供たち食わせてやれんしな」

「慰謝料と養育費もらって、ユミも働けば何とかなるんじゃない?」

「ちゃんと職業訓練しようと思ってん。今はまだ子供たちも手が掛かるし、旦那のことは利用できるだけ利用し尽くしたるわ。まあ五十くらいで離婚かな」

「五十から恋愛始められる？」

「あんたは何でも恋愛中心に考えるな。恋愛は楽しいけど、私の人生の中心やないからな」

恋愛至上主義が過ぎると、夫にも言われたことがある。そんなものは古いイデオロギーでしかないのだと。それでもユミから出てきた言葉は意外で、「へえー」と間の抜けた声で微かな反論をする。

「あんたやって仕事とか子供とか大事やろ？　恋愛だけが人生やないやろ？」

「もちろん仕事も子供も大事だよ。でも恋愛っていう要素は全てのベースになってると思わない？　恋愛がうまくいってる時ほど仕事も含めて人生が快調に稼働する感じしない？　夫婦関係悪い時とか彼氏と喧嘩した時とか、色々詰むじゃん？」

「そんな、恋愛してない人たちを丸っと敵に回すようなことよう言えんな。童貞率めっちゃ上がってんの知らんの？　最近めっちゃ上がってるらしいで知らんけど。そんな世の中恋愛恋愛してへんで。そんな生き方してて、いつか恋愛できへん年になったらどうするん。生き甲斐なくなんで」

ユミは勢い込んで喋る時関西弁がきつくなる。確かに、恋愛のない生き方、人生だってあるだろうしそれが悪いとは思わない。でも恋愛のない人生を想像しようとすると頭が真っ白になる。

「私初めて彼氏ができた時から恋愛のない生活を送ったことがないんだよ」

「結婚してからも恋愛し続けてきたってこと？」

「ていうか、結婚も恋愛じゃん。初めて彼氏ができてからずっと恋愛を軸に生きてきたから、もう恋愛がない生活を思い出せないんだよ。改めて、自分は二十二年間小説と恋愛のことだけ考えて生きてきたんだなって思う」

「バランス悪いやっちゃな。まあええやん。それはもうエキスパートやん。あんたはそれ極めていったらええんよ。ていうかもうそれ以外の生き方できへんやろ?」

恋愛できなくなったら生き甲斐がなくなるって言ったくせにと思いながら、ユミの差し出したボトルにワイングラスを差し出す。この値段！　とフランスワインの値段に文句を言いながらも何故か日本酒や焼酎ではなくやっぱりワインを頼んだユミは、ちょっと前の検査でコレステロールの数値がヤバかったから今回の一時帰国では深酒をしないと宣言していたにも拘わらず、まあまあのペースで飲み進めている。

確かに恋愛を基準に物事を考えがちな人間に対してそうでない人は、海外経験が多い人が海外に出たことのない人に対して感じるものや、無宗教の人がオカルトに傾倒している人に対して感じるものと似たような不自由さを感じてざわつくのかもしれない。確かに不自由だ。もっと様々な文脈でこの世界を捉えることができたなら、もっと理性的にこの世界を捉えることができたなら、もっと生きやすいのかもしれない。動物化した人間。夫が少し前に私のことをそう表現した。彼は感覚的な世界でしか生きられない私にこの十五年間呆れ続けている。

また締め切りというものが存在感を増し始めたスケジュールを頭の中で確認しながら、終電に向かって歩みを進める。それでも来週は会食が二件、友達との飲みが一件、ライブが一つ入っている。アカリが聞いたら計画性のなさを嘆くに違いない。駅から家までの間にあるバーに寄ろうかどうか散々迷って、この酔い方ならまだ仕事ができるかもしれないと真っ直ぐ家に帰った。着替えのため寝室に入ると、夫がベッドの中でスマホを見ていた。ただいまおかえりのやりとりをした後、「そうそう、今日冷凍の惣菜が大量に届いたよ」と夫が言う。

どうやら、私がフェスやライブで家を空けることが多いと知った母親が、子供たちの食事を心配して送ってきたようだった。帰り道、母親から「あなたも家を空ける時は作り置きくらいしていったらいいのに」という内容のLINEが届いていた。近所にはいくらでも飲食店があるし、コンビニだって徒歩一分だしウーバーイーツだってあるというのに、手作りにこだわるのは彼女が専業主婦だからだろうか。

「そういえばひとみの母親がこの間うちに来た時、ひとみが子供の頃からずっとわがままだったっていう話をしてたよ。人って変わらないんだなって思ったよ」

「そうかな。私は親に全く甘えない子供だったし、物をねだったりもしなかったよ」

「そうじゃなくて。やりたくないことは絶対にやらなかったって。幼稚園に無理やり連れて行こうとすると服を全部脱いで拒否したとか、とにかくわがままを押し通すためには何でもする子だったって」

服を脱いで登園を拒否した記憶は残っていなかったけれど、小学校低学年の頃、母親に襟首を引っ張られて廊下を引きずられ、クラスに放り込まれた記憶が蘇った。あの時皆に注目されたまま席に着いた後、私は怒りに震えていた。彼女が気分によってそういう暴力的な対処をする人だと知ってから、彼女の機嫌が悪い時はきちんと家を出て下校時間まで公園なんかで時間を潰すようになった。感情や気分で態度が変わる彼女を、私は心から憎んでいた。

母親との喧嘩中怒りに任せてガラス戸を蹴破って流血したこともあった。その時の傷は今でも残っている。癇癪持ちというのか、とにかく感情のコントロールができない子ではあったのだろう。

でも幼稚園に行きたくないというのは、別にわがままだったわけではないんじゃないだろうか。今思うと不思議だけれど、私は一度もいじめに遭ったことがなかった。先生から体罰を受けたこともなかった。それでも学校に行くことは死に等しかった。なぜかは分からない。学校に行き席につき授業を受けることは、私にとって身震いするほど絶望的なことだった。あの理由なき絶望を思い出すと今でも胸が苦しくなり涙が出そうになる。私は死を避けただけと考えれば、私に死を強要する母親を私が憎んだとしても不思議はない。

「死ねばいいんだろ？　死んでやるよ！」

恐らく一番激しかった母とのつかみ合いの喧嘩が脳裏に蘇る。何を責められていたのか叱られていたのかは覚えていない。とにかく母に罵倒された私はそう怒鳴り、怒鳴った瞬間に引っ叩かれた。あまり思い出せないが、小学校四年か五年、今の長女よりも小さかったはずだ。引っ叩き返したのはあの時が初めてだったような気がする。引っ叩いたあと、母の首を掴んで揉み合った。死んでやるよと怒鳴りながら、もう殺してくれればいいのにと思っていた。

子供時代は、最も生きづらい時代だった。ただ苦しいだけの日々が延々続いていた。楽しかったと思える日は一年の中で七日くらいしかなかった。常に最悪の事態や、嫌なことや、最低の未来を考えていた。きっと私は恋愛によって救われたのだ。個人として、一対一で誰かと向き合い、求めたり求められたりすることで、生きる意味を自分の中に構築していくことができたのだろう。ぼんやりと幼少期の頃を思い出しながら、合点がいった。どうしてか分からないけれど、私はもともと生きづらかった。わがままと捉えられるリハビリをしてくれたのは、母親や家庭ではなく、恋愛であり、小説だった。わがままと捉えられるすべての行動は、生きるためだった。服を脱いだのも死なないためだった。でもそれは多くの人にとってわがままなのだろう。そしてわがままとして捉えてもらった方が、私にとっても楽だったように思う。

そう思い至るとなぜか晴れ晴れした気持ちになって、ぴったりとウェストマークされたワンピースを脱ぎ、この間フェスで買ったバンTに着替えると、私はストロングのプルトップを開け、死なないために音楽を聴き、死なないために小説を書き始めた。

## 11 アマゾン

「自由研究何にしようかな」

　初めて日本で夏休みの宿題をやる長女から何度もそう助けを求められていたけれど耳を貸す余裕がなく、本人から妙案が出ないならば何かアマゾンで自由研究キットでも買ってやろうと思っていた矢先に、夫が「昆虫観察に連れて行く」と言い始めた。自分の担当している批評家が定期的に昆虫観察をしており、子供たちと同行しても良いか打診したのだという。

　持って帰って飼うのではなく、その場で観察、記録をするだけだという夫の言葉にほっとしたが、数日後、やっぱり自由研究だし一匹くらい家に連れて帰りたいと長女が言い出し、虫かごを買っておいてくれと言われ、渋々アマゾンで購入した。この世にアマゾンが存在していなかったら、自分は一体どんな生活を送っていただろう。最近ポチるたびにそんな素朴な疑問が湧き上がる。アマゾンがなかった頃の生活、食べログがなかった頃の店選び、クックパッドがなかった頃の料理、サブスクがなかった頃の選曲、ＬＩＮＥやスナチャがなかった頃の人間関係、銀行アプリがなかった頃の銀行振り込み、忘却や変化を恐れても仕方ないが、『ぼくたちは何だかすべて忘れてしまうね』というタイトルを背表紙でよく見ていたけれどあれは一体誰の家の本だっただろうという疑問が最近定期的に湧き上がる。

「何採るの？　カブトムシ？」

「いや、カブトムシはまずいないって言ってたよ。採るとしたらカナブンじゃないかな」

夫の言葉にふうんと頷き、虫の存在を極力感知しないように生きてきた私はカナブンを画像検索して絶望的な気持ちになった。とにかく私は何一つ手出さないし出せないからねと長女に言うと、明るく弾けるような「うん」が返ってきた。

昆虫採集当日、五時半に起こしてくれと言われていた私は執筆の挙句五時にソファで寝落ちていた。ほぼ三日家から出ず、動画さえ見ず、お風呂にも入らず、飢えた子供たちにご飯を作ることと執筆と推敲だけを続けていた。夏休みに入ってから、遠方から遊びに来る友達と飲みに行ったり、イレギュラーなライブやお祭りに行ったり、夏休みなのにとそこはかとなく不満そうな子供達を満足させるのに最も消費エネルギーが少ないカラオケや映画に連れて行ったり、また夏バテと持ち前の体力のなさのせいで毎日定期的に仕事をしようという計画が完遂できずにいる内、最後の最後で自宅に缶詰状態になっていた。飯炊きと小説という別ベクトルに伸びている仕事を短いスパンで行き来するたび、自分の中の繊細さを象徴したガラス細工のようなものを一つ一つ蹴り壊していくイメージが頭に浮かぶ。

虫除けスプレーしてという言葉ではっと飛び起き、寝ぼけたまま子供達にスプレーをすると、彼らは夫と予定通りの時間に出発したようだった。


グラグラする。目を開けた瞬間そう思った。きゃっきゃとはしゃぐ子供達の声がして、「あ、ママ！　ただいま！」という一言が耳に届いたけれどとても起き上がることはできず、何かむにゃむにゃ言った後また目を閉じた。

再び目を開けてスマホを確認すると朝九時で、ダイニングテーブルに昨晩夫が買ってきた飼育ケースが置かれているのがコンタクトを外した目でも確認できた。

「あ、ママ起きた？　ダンゴムシがいたんだよ！」

タオルケットにくるまったまま、なぜかダンゴムシが好きな次女の言葉を「あとでね」と流してスマホでメールの受信ボックスを検索する。何の催促も苦情も来ていないことにほっとして、ＬＩＮＥとスナチャを確認する。間に合いそうにない締め切りが迫ってくると毎回目覚めるたびひどい胸騒ぎがして生きた心地がしなくなる。締め切りを超過してしまうと、目覚めるたび自分には傑作なんて書けるはずがないし常にじめじめしたマイナス思考の公害クズで大した信念も確固とした理想もないのにまぐれで小説家になってしまった滑稽なピエロで醜態を晒して笑われて迫害排除されるのが仕事だというのにどうしてそれすらきちんとできないのだろうという思いに支配される。

「いっぱいカブトムシがいたんだよ！」

「カブトムシ？」

振り返って確認すると、長女は嬉しそうに「カブトムシ七匹連れて帰ったんだよ！　男が五匹で女が二匹」と言う。

「……カナブンを採ってくるって聞いてたんだけど」

「カナブンも六匹いるよ。あとダンゴムシが一匹」

啞然としていると夫がリビングにやって来て、普段はカブトムシはほとんどいないらしいんだけど今日はなぜかすごくたくさん居たんだと説明になっていない説明をする。

「どうして全部連れて帰ったの？　一番大きな一匹だけとかにすれば良かったのに」

「カブトムシなんて普通そこらへんじゃ見つけられないんだよ。外でこんなに捕まえられること普通はあり得ないし。それにもっと捕まえられたけど加減して持って帰ったんだよ」

喜んで観察している子供達に捨ててきなさいとも言えず、私は呆然としたままケースを眺め、鳥肌が立ってきた、と子供達に腕を見せ笑われる。ここに住み始めて一年、この家がかつてなく遠いものに感じられた。

「この家が他者のいる家になってしまった」

私の嘆きはカブトムシに浮き足立っている三人の耳には届かず、「あ、ゼリー食べてる！」という喜びの声を背中に受けながらパソコンを持って寝室に籠もった。自分にとって未知の生き物、管轄外の生き物が一つ屋根の下に存在しているという事件を、どう受け止めたら良いのか分からなかった。例えば空き巣に入られたら、こんな感じの気分なのかもしれない。

カブトムシの飼育について一通り調べると、オス同士を一緒のケースで飼うと喧嘩をして怪我をしやすく長生きしないと書いてあったため、オス一匹メス一匹のつがいで飼う、もしそれ以上ということならもう一つケースを買ってオスメス二匹ずつ、計四匹を残して他は公園に放そうと夫に提案したが、俺が子供の頃は何匹も同じケースで飼っていた、野生にいても樹液を吸いながら喧嘩したり蹴落としたりしている、どうせカブトムシは夏は越さないで死ぬ、というう私からすると昭和的マッチョイズムを感じざるを得ない三点を理由に断固拒否された。そういえば、私の兄も幼い頃昆虫採集をしていた。飼っているカマキリの餌としてコオロギやバッタを捕まえてきて食べさせることに喜びを感じている風の兄に、何というか「だめだこりゃ」感を抱いたのを覚えている。

でも考えてみれば、付き合ってきた全ての男に必ず一度は「だめだこりゃ」感を抱いてきた。

男というのはそういうものなのか、それとも私がそういう男とばかり付き合ってきたということなのだろうか。でもきっと、付き合ってきた男たちからすれば、お前に言われたくないの一言に尽きるだろう。

カブトムシを見ながら、不意に時代の移り変わりを実感する。どんどん人間的とされるものが女性化されていき、それをはみ出すものが排除されていっている。今や犬や猫は名誉人間となり人間と同等の権利を求める声が増え、あらゆる動物に対する虐待への批判が高まり、捕鯨に関しても賛否両論ある。どこまでが自分たちの仲間であるかという基準で命の重さを決めて良いのか、最終的にゴキブリなどの害虫にも安全な生活を営む権利を与えるべきなのか、感情を優先すべきなのか、生態系を重視するべきなのか、生態系という観点から考えた時、地球上の人間は適正な数と言えるのか、権利を与えるという思考に陥っている一生物である人間の驕り、そこに立ちはだかる自然淘汰という言葉、最も遠い存在であった「虫」という存在と共存することになった今、私は改めて自分の存在価値を考える。公害ピエロの私と、私に潰される蚊やゴキジェットで殺されるゴキブリとを分ける線なんていうものは存在するのだろうか。

深夜二時、夫も子供達も寝静まり一人リビングで仕事をしていると、テレビの脇に置かれたケースの中からバタバタと忙しない音が聞こえ、見るとオス同士が喧嘩していた。買ったばかりのケースはカブトムシの世界を綺麗に映し出す。オスはオスと顔を合わせれば角でバッタン

バッタン倒しまくり、メスを見ればすぐに乗っかって交尾を試みる。

こんな機会もないからと観察していたが、メスが逃げ惑い続けて交尾は完遂しなかった。餌を食い、オスと見れば喧嘩をして、メスと見れば交尾を求め続ける。あまりにせわしなく、見ているだけで気疲れする。不意に泣きわめく長女を泣きながら抱っこして寝かしつけようと必死になっていた頃の記憶が頭に蘇り始めたことに気づき、慌ててパソコンの前に戻るとイヤホンを耳に挿して仕事を再開した。


「やっぱりケースを分けた方がいいと思うんだけど。昨日オスたちがずっと喧嘩してたし、メスに乗っかって追い回してたよ」

仕事から帰宅した夫に開口一番そう提案すると、彼はヒステリーな女を宥めるような口調で「そんなの自然界にいたって同じだよ」と言う。

「でも逃げ場がないんだから最低限の配慮をするべきじゃない？」

「まあ考えとくよ」

夫は分けて飼育することに乗り気ではないようだった。なんだか自分が掃除当番をサボる悪ガキを注意する学級委員になったような気がしてうんざりする。

「食べて喧嘩してメスを追いかけ回してるカブトムシを見てると、生きることの泥臭さを改めて考えさせられるね」

「カブトムシのメスも乗っかってくるオスたちを見て思ってるよ。なんでこいつらこんなに馬鹿なんだろうって」

夫の言葉に力なく笑う。カブトムシの交尾について調べてみると、カブトムシのメスは体の準備ができていなかったり、すでに他のオスとの交尾を済ませていると、新しいオスとの交尾を拒むことが多いと書かれていた。こういう人間と通じる部分を知るとどことなくほっとするが、当然人間にもカブトムシにも個体差があるもので、そういう傾向がある、ということでしかない。オスたちだって発情してばかりのように見えるが、一度もメスの匂いに惹かれず交尾をしないまま死んでいくオスだっているだろうし、他のオスと交尾を済ませていても新しいオスとの交尾を続けるメスもいるのだろう。そんな、傾向でほっとする自分が何だか怖かったし、愚かに思えた。ハチ公の話に象徴されるように、人は人間的とされる生き物の行動に反射的に共感、感動してしまう。ハチ公は別に飼い主を待っていたのではなかったかもしれないし、人間的とされること以上に高尚な別の原理がそこにはあるのかもしれないのに。

メスに逃げられてばかりのオスを見ていたら成功例が気になって「カブトムシ　交尾」で動画検索をすると、締め切りの明けた私は深夜のリビングで二時間以上もカブトムシの交尾を眺めていた。カチャカチャいう硬そうな音以外は意外なまでに予想通りで、人間のそれをスロー再生しているものとそんなに変わらないように見えた。

片道四時間かかる遠い地での三日通しのフェスに踊り狂って帰宅すると、カブトムシがいなくなっていた。三人で元の場所に返してきたのだと夫が説明する。自由研究も終わったし、九月も近くなったからそろそろ死んでしまうだろうし、だったら最後は自由にさせてやろうという夫に長女は同意したが、次女は強固に反対していたという。そこまで飼育を楽しんでいる風には見えなかったが、長女の真似をして飼育日記は長々と書いていた。初めて生き物を飼うということ自体がそれなりに刺激的なことだったのかもしれない。

大泣きして最後まで反対していた次女をどうやって宥めたのか聞くと、にんじんの文房具セットを買ってやったと夫は言う。

「なにそれ」

「なんかユーチューバーが紹介してたんだって」

カブトムシとお別れしてすごく泣いたんだ、と悲しげに話していた次女は、翌日アマゾンからにんじんの文房具セットが届くと、長女とユーチューバー風に開封して二人できゃっきゃと分け合って満足そうだった。

そんな二人を見ながら、一夏の思い出、という言葉が思い浮かぶ。この夏の思い出がいつかこの先の辛い時自分の力になることもあれば、その思い出に無力感を抱かされることもあるかもしれない。記憶や人との関係、脆弱な自負と糸のような希望に縋って、自身の乖離を嘆きながら生き長らえてきた自分の弱さとしぶとさを思い、放したカブトムシやカナブンにも子供達にも己の人生をあらゆるものに縋りながら生き抜いて欲しいと願う。

夜になると鈴虫の鳴き声が聞こえるようになったことに気づいたアマゾン依存のピエロは、他者のいなくなったリビングで、ヘラクレスオオカブトの交尾の様子を何度も頭に反芻させながら、次はどんな醜態を晒して人々から排除されてやろうかと考えつつ、食べられる当てのなくなったカブトムシゼリーを片付け始めた。

# 12 フランス

固い牛ヒレ肉を食べている途中、鋭く硬い感触に顔を歪める。骨だろうかと思いながら口の中から取り出した破片はアマルガムで、肉にこんな異物混入なんてどういうことかと憤りかけた瞬間、自分の奥歯にいつもと違う感触が走るのを察知して、なんだと意気消沈する。出張が始まった直後にこんな災難に見舞われるなんて。そう思いながらも、特に沁みたり痛んだりする気配がないことにほっとする。機内食を食べている途中で寝落ち、四時間後トイレのために起きた瞬間嫌な予感がする。私の体は途轍もない消失への希求に蝕まれていた。これまで自分が普通に生きていたことがどう考えても信じられないという気持ちだった。こんなに愚かな人間でありながら、のうのうと外を歩き世間に顔を晒してこの世に存在し続けてきたという事実が信じられない。自分は愚かであるという理由だけで自然の摂理として放射線状に飛び散り自然消失しているべき存在に感じられ、今普通にここに存在しているということがあまりに荒唐無稽な現実に感じられた。

これはよく飲みすぎた翌早朝に感じる感覚だ。二日酔いの朝、フラフラになりながらトイレに行く時や、トイレの後再度寝付けなくなって布団に潜っている時に感じる、自分が存在することへの疑問と存在自体が罪深く感じられ消失衝動に苛まれる症状だ。飛行機に乗り込んでから、シャンパンを二杯と白ワインを一杯しか飲んでいないのに、何故こんな気持ちになるのだろう。気圧の変化のせいか、終わりかけていた生理がまた勢いをつけ始めたことにうんざりしながら席に戻ると、私はまた目を閉じた。飛行機のたてる大きな音に眠りへの帰路を邪魔されながら、この原罪のようなものに幼少期から悩まされていたことを思い出す。ここ数年あまりにこの症状が酷かったため、アルコールを摂取するとセロトニンの機能が低下するからだと自分の中で無理やり片付けていたこの消失衝動は、十歳くらいの頃から恒常的に、時に断続的に、私を苦しめ続けていた。何故ここに存在しているのだろう、消えているはずなのに。消えていた方が自然なのに。子供の私も今と全く同じ不思議さを抱えたままそう思っていた。

二度目に起きた時、すでに機内の電気は点いていた。スマホの時間を確認して、到着まであと二時間と知る。つまり私は飛行機が動き始めてからの一時間半と二時間を差っ引いて、八時間半も熟睡していたということになる。離陸してすぐに食べた夕飯が、眠っていた胃の中でほとんど消化されていなかったようで、朝ごはんはほとんど食べられなかった。料理が下げられてしばらくすると、フォークを動かしながら刺激しないように、穏便にやり過ごせますようにと願っていたさっきの衝動が輪をかけて強大なものとなって迫ってきたのを感じる。このままではまずいかもしれない。そう思った時には泣いていた。とめどなく涙が溢れ、バッグの中のポケットティッシュを引っ張り出す。涙は止まらず、あらゆる気を逸らそうとする行為が無駄であると知った私は感情に任せて思う存分泣こうと決意する。滲む視界の中でスマホを手に取りとにかく誰彼構わず謝罪したいという衝動に突き動かされ自分の愚かさを嘆き謝罪する文章をメモに入力していく。目覚めてからアルコールは一切飲んでいない。シラフのはずだった。それでもあらゆる人に、あらゆる罪を謝罪したかった。これまでの自分の生き方や考え方、言動の浅はかさ、存在していること、生きていることを謝罪する文章をボロボロになったクリネックスで目元を拭いながら打ち続けた。高度を下げ始めたことを告げるアナウンスが流れ、このままでは同行している仕事相手たちに泣いていたことがバレると危機感を抱いたけれど、化粧を直せば大丈夫だろうという気持ちと、もう自分がボロボロであることなんて誰にバレたって構わないという気持ちの狭間で、メモを読み直し修正を続けた。飛行機がシャルル・ド・ゴール空港に着陸した瞬間、レンタル Wi-Fi の電源を入れるとパスワードを入力してスマホを繋ぎ、メモがクラウド保存されたことを確認した。こんなことさえ小説に使えるなと頭のどこかで考えている私は愚かさの塊、本来であれば存在しないはずなのに何かの間違いで存在してしまった存在として生き続ける他ないのだ。打ちひしがれたままタラップを降りたところで同行者たちと落ち合ったけれど、私が泣いていたことに気づいた人はいなかったようだった。

経由便の出発までの四時間をシャルル・ド・ゴール空港内のラウンジや喫煙所、待合所で過ごしながら、懐かしかった。言葉よりも物よりも何よりも、緩い感覚が懐かしかった。ゲート近くの待合席の充電差込口は軒並み壊れていて、ラウンジの食べ物はハム、チーズ、パン、ヨーグルトと質素なもので、掃除のおばさんは愛想がないけれど話しかけると表情を和ませ、皆がそれなりに自分勝手で、皆がそれなりに自由だった。東京に戻って得たものは圧倒的な便利さと自分であらゆるものをコントロールできる語学的手軽さで、パリを離れたことで喪失したのはこの緩さによる生きやすさと自分が人からどう思われるかを考えなくて済む気楽さだと改めて実感する。最初の一年鬱になり、最後の二年はあらゆることに煩悶しながら過ごしていたフランスだったけれど、あの時確かに私は日本にいると感じられない、ある種の生に対する気楽さを享受していた。

日本にいる時のある種の物ものに縛られている感覚は、物心ついた頃からあった。常にあらゆる人の目が気になり、気になるから学校に行くのを止めた。じっと貝のように何か固い物の中で誰の目にも触れずに生きていたかった。私を貝の中から引っ張り出してくれたのは恋愛で、私は男性たちと付き合い「愛されている」自信を持つことで誰になんと思われようが構わないだって私は「愛されている」んだから、という開き直りの下に外の世界を生きることができるようになった。そしてそれ以降ずっと恋愛をし続けている。

縛りと、縛りからの解放、日本にいる間その次元でしか生きられなかった私は、フランスで何からも縛られることなく、それゆえ解放される必要もない生活を送っていた。誰の視線も気にならなかった。自分が気になったことには遠慮なく視線を送り、遠慮なく視線を送られることにも何とも思わなかった。その違いは、フランスにいる間あらゆる外見的なことにずぼらだった長女が日本に帰った途端クラスメイトの目を気にして身なりに気をつけるようになったことや、フランスにいる間ぼろぼろの服や靴や鞄を身につけていた夫が日本に帰ってすぐ全てを新調した変化にも顕著に現れている。

コート・ダジュール空港からホテルまでの車の中、次女からの「まま」という悲愴感漂う一言のメールに「さっきフランスのみなみにあるくうこうについたよ」と返信する。フランスで子供を置いて一時帰国する時はあまり別れを惜しまれた記憶はなかったけれど、今回は長女次女共にひどく落ち込み悲しまれているのを感じた。この子供の感じ方の違いも、フランスに住むことと日本に住むことの違いの一つなのかもしれない。それでも今日行く昼と夜のレストランの情報、その間にどの美術館に行こうかと女性ばかりの同行者たちと話している内、気持ちは遊びと仕事の方に向いていった。明日は朝早くから夕方までぎっしり仕事が詰まっていて、私たちがゆっくりと羽を伸ばせるのは到着日である今日一日だけだった。四者四様にそれぞれ別種の仕事を持ち、それぞれ急ぎのメールが来るたびせかせかと返信を打ち、化粧直しや日焼け止めの塗り直しを隙なく繰り返す女性たちのやる気が漲る車内は案外居心地が良かった。

まだ部屋の準備に時間がかかると言われ広大な中庭のテラスでシャンパンを飲み始めた瞬間、生きてて良かったという身も蓋もない気分になる。それでも、家族で住んでいたフランスに一人で戻ってきた私は、どこか動揺していた。激しい喪失感と現在に対する満足感、渡仏と帰国、そしてその間にあった全て、その後にあった全てにそうせざるを得ない必然性があったという自信、それでも自分が下してきた決断がどこかで間違っていたのではないかという不安、ごちゃ混ぜになったあれこれがグラスの中に飛び交う泡の様子に重なっていく気がして思わず空を見上げる。

パリで合流した通訳の女性が、フランスに住んだ経緯や帰国した経緯について質問してきて、話している内本当に帰国するべきだったのだろうかと疑問が芽生えて動揺が加速しそうになった時、彼女はすっかりフランス人化した態度で「いい選択だったわね」と言った。

「一、二年じゃ短いけど、六年ってちょうどいいじゃない。私なんて帰るきっかけ逃して四半世紀だもの」

そうだった。私は帰るきっかけを逃し気がついたら十年、二十年と目的もなくずるずるフランスに住むことが怖かった。駐在なら言い逃れのできない「そこに住む理由」があるし、フランスで仕事をしていればそれもまた「そこに住む理由」になる。でもフリーの仕事をしている私は、明日帰ることも十年後に帰ることも二十年後に帰ることもできて、その選択の余地の途方もなさに恐れ戦いていたのだ。ビザの更新の時、在仏の理由をまとめた計画書を提出したけれど、それらしいことを誇張して書いたその文章に自分でも苦笑したのを覚えている。

フランスに住んで良かった。そして帰国して良かった。異国に訪れたとき、帰ってきたと思える場所ができて良かった。自責の念と存在することへの疑いが薄れ始めた私は、自分の中でそう結論づけた。十二時間と二時間のフライトを経て、ほとんど空っぽになっていた胃にシャンパンが弾けながら染み込んでいくのを、ようやく解禁された煙草を吸いながら慈しむような気分で甘受していた。

南仏での二泊からのパリでの一泊と、慌ただしく時は流れ、到着翌日の夕飯前に激しい頭痛と嘔吐が一時間続いた以外は全て滞りなく進行し、毎晩ごついフランス料理を食べてはホテルに戻って倒れる様に寝た。最終日、ランチを断ってメトロで以前住んでいた街に向かった。一瞬でいいから見ておきたかった。街は全てが相変わらずで、煙草を吸っている人を見ると必ず一本くれとねだる、いつもカルティエを歩き回っているおばあさんや、よく通ったカフェの店員、いつも子供たちに優しくしてくれたスーパーの店員、看板の色は変わったけれどラインナップは変わっていないブランジュリー、あらゆることがいつも通りだった。懐かしさはこみ上げず、ちょっと久しぶりだなくらいの気分だった。

それでも、何百回何千回と一人で、子供達と、夫と、友達と、ベビーカーを押しながら、買い物袋を提げながら、カートを引きながら、憂鬱な気分で、明るい気分で、悩みながら、怒りながら、笑いながら開け閉めしたアパートのドアの前を通り過ぎる時、あの頃持っていたものを喪失したことに気づいて苦しくなった。変化を恐れる私に、変わらない場所は眩しい。急ぎ足でぐるっと街を回ると、最後の仕事のためマドレーヌ駅に向かった。

ただいま。という声に返事はない。二十六キロのスーツケースを何とか玄関に上げ、子供部屋を見にいくと次女が二段ベッドの下で寝ていた。ただいま、ママだよ、お土産あるよ。ゆらゆらと揺らしても次女はうめき声さえ上げずぐっすり眠っている。諦めてスーツケースの中のものを取り出し、のろのろと元の場所に戻し、結局行きの経由便を待つラウンジでの一回しか開かなかったノートパソコンを開くと次々迷惑メールを削除していく。しばらくすると鍵が開く音がして、ママおかえりと、僅かずつ反抗期の兆しを見せ始めているように感じられていた長女が、スポーツバッグとリュックを床に投げ捨て両手を広げて抱きついてきた。長女もまた、一昨日から二泊三日の修学旅行に赴いていたのだ。次女はどうしてるかと聞く長女に、ベッドで寝てるよと答える。

「起こしてきてくれる？　お土産あるよって言って」

「私もお土産あるんだよ！」

長女が騒がしく起こすと、さすがに次女も目覚めたようだった。ママー！　と声をあげた次女は勢いよく抱きついてきて、私の頬に頬をくっつけ何度もビズをする。お土産に歓声を上げ、嬉しくて死にそう！　と宣う次女は、私がフランスに行くと決まった時から絶対に買ってきてねと口を酸っぱくして頼み、渡仏中ちゃんと買ったか電話で確認し、買ったよと答えると帰ってくるまで絶対に食べないでねと釘を刺していた、フランスでしょっちゅう食べていたどこのスーパーにもあるお菓子を取り出すと今すぐ食べたいと主張し、食べた瞬間「死んだ！」と叫んだ。長女と笑い合って「かわいいなあ」と目を細める私は本当に愉快で幸せを感じていたけれど、この文章を書いている今の私は胃が空洞になったような物悲しさを体の中心に感じ涙を浮かべている。普通に日常を生きる自分と書く自分の乖離に身を委ねることは、それによって生き永らえているようでもあり、首を絞められているようでもある。

思えばずっと泣きそうだった。でもずっと幸せでもあった。この十年で自分から死ぬことを考えなくなった。でも夫に殺されたいと願うことが増えた。もうすぐ長女は十二歳になる。毛足の長いカーペットに染み込んだペンキのように、幾重にもわたってぶちまけられ続けた愚かさの染みは消えない。あの時あんなに幸せだったのにと思い起こされる幸せは全て幻想だと知っている。ずっと泣きそうだった。辛かった。寂しかった。幸せだった。この乖離の中にしか自分は存在できなかった。

パリ篇　東急文化村WEBサイト「Bunkamura」(2017年7月 ~2018年7月掲載)
東京篇　ホーム社文芸図書WEBサイト「HB」(2018年11月 ~2019年10月掲載)

金原ひとみ

1983年東京都生まれ。2003年『蛇にピアス』ですばる文学賞。翌年、同作で芥川賞を受賞。2010年『トリップ・トラップ』で織田作之助賞受賞。2012年『マザーズ』でBunkamuraドゥマゴ文学賞受賞。著書に『アッシュベイビー』『AMEBIC』『オートフィクション』『アタラクシア』等がある。

# パリの砂漠《さばく》、東京《とうきょう》の蜃気楼《しんきろう》

2020年4月29日　第1刷発行
2022年8月 8日　第2刷発行

著者　金原《かねはら》ひとみ

発行人　遅塚久美子

発行所　株式会社ホーム社
〒101-0051　東京都千代田区神田神保町3-29 共同ビル
電話　編集部　03-5211-2966

発売元　株式会社集英社
〒101-8050　東京都千代田区一ツ橋2-5-10
電話　販売部　03-3230-6393（書店専用）
読者係　03-3230-6080

印刷所　大日本印刷株式会社

製本所　株式会社ブックアート



Paris Desert, Tokyo Mirage

Printed in Japan
ISBN978-4-8342-5337-5 C0095